AF284767

Veni Covidi Vici

Von Proteus on fire

Buchbeschreibung:

2020 ist das Jahr, in dem wir vom Schicksal gezwungen wurden, Hand in Hand mit einer Pandemie leben zu lernen. Den einen fiel das leichter, andere mussten darunter leiden und für ganz viele bedeutete dies einen tiefen Einschnitt in ihr bisheriges Leben, eventuell verbunden mit einem vollständigen Richtungswechsel. Dieses Buch vereint unter sich eine Sammlung von Erlebnis- und Erfahrungsberichten, die das Leben im Alltag mit COVID-19 für mich und andere aufbereitet hatte.

Über den Autor:

Der Autor, Beat Rickenbacher, alias Proteus on fire, ein Eidgenosse, in der Urschweiz geboren, weder Tell noch Geisse-Seppli und dabei ein gewohnheitsmässiger Langschläfer, zählt zu den von COVID-19 mächtig Aufgeschreckten. Seine dabei gewonnenen Einsichten: ein Lockdown bietet mindesten so viele Vor- wie Nachteile. Proteus on fire litt in der Folge weder an Schlaflosigkeit, Einsamkeit noch sonst einem Mangel, denn das Virus beflügelte seine Phantasie und schuf aus ihm einen pandemischen Blogger.

Veni Covidi Vici

Von Fallen und Chancen in Zeiten der Angst und des Verzichts

Von Proteus on fire

Bluemetweg 7
5073 Gipf-Oberfrick

proteusonfire@protonmail.com
https://bricken.blog

1. Auflage, 2021

© 2021

Alle Rechte vorbehalten.

Herstellung und Verlag:

BoD - Books on Demand, Norderstedt

ISBN 978-3-7526-4000-7

MIX
Papier aus verantwortungsvollen Quellen
Paper from responsible sources
FSC® C105338
FSC
www.fsc.org

Vorwort

Proteus ist in der griechischen Mythologie ein Meeresgott. Man sagt ihm nach, dass er der Sohn des Poseidon sei. Wer weiss, vielleicht entspricht es ja den Tatsachen. Lassen wir diesen Zweifel getrost ungeklärt im Raum stehen. Himmlische geniessen, wie wir Menschen, ein gewisses Recht auf Privatsphäre und Geheimnis. Proteus und Poseidon sind nicht die einzigen aquatischen Gottheiten. Es existieren mindestens sechs Weitere. Im gleichen Atemzug gilt es Glaukos, Nereus, Palaimon, Phorkys, Pontos oder Triton mit zu erwähnen.

Ich konzentriere mich im vorliegenden Buch, das aus einer Serie von kürzlich von mir auf WordPress veröffentlichten Blogs generiert wurde, ausschliesslich auf Proteus. Er ist es, der mir fortwährende Inspiration und Befeuerung schickt. Warum? Tja, das wissen die Götter allein. Die Kurztexte sind alle im Jahr der Corona-Pandemie zwischen den Monaten März und November entstanden und, wie bereits angedeutet, auf bricken.blog in verkürzter Form veröffentlicht worden.

Bei insgesamt acht Meeresgottheiten ist die Auswahl nicht leicht, doch ich entschied mich für Proteus wegen seiner Talente:

Erwähnenswert scheinen mir vorab sein würdiges Greisenalter, seine Gabe der Weissagung und die Fähigkeit, sich zu jeder Zeit in jede beliebige Gestalt zu verwandeln. Wer von uns würde nicht gerne mal einen Blick in die nähere Zukunft werfen oder sich in einen Floh verzaubern, um jemanden unbemerkt auszuspionieren – schlicht der feuchte Traum jedes engagierten Geheimagenten.

Ich hab mir das also hinlänglich überlegt, warum Proteus mein Protegé wurde, und ich verleihe ihm hier höchst offiziell und verdientermassen den klingenden Beinamen «der Brennende», auf englisch Proteus on fire.

Da vermutlich schon viele der alten Griechen überwiegend liberalistischer Gesinnung waren und pekuniäre Interessen vor Geist und Logos setzten, gab es vom «Brennenden» verständlicherweise nichts umsonst zu holen. Das passt in mein Bild von ihm; jeder, der seine Seherdienste in Anspruch zu nehmen wünschte, wurde gezwungen, gegen ihn, den ruhmreichen Gott, im Zweikampf erfolgreich zu bestehen. Einzig ein Sieg wurde akzeptiert, um in den Genuss seiner Dienste zu gelangen. Und wie man weiss, gelang dies nicht allzu vielen. Die meisten scheiterten ob seiner Kampfkunst.

Vielfältige Gründe haben dazu beigetragen. Entscheidend bleibt, dass verlässliche Informationen über die Art seiner Kampfführung vollständig fehlen. Es gibt zudem keine aussagekräftigen Bilder und Berichte, die sein äusserst geheimnisvolles Wesen näher darstellen oder beschreiben. Und so vermochte keiner seiner Gegner im Voraus abzuschätzen, ob es, gegen Proteus im Kampf siegreich zu bestehen, überhaupt auch nur die geringste Chance gab.

Absurd unvorstellbar für uns Kinder des Zeitalters der zügellosen Selbstdarstellungen – nicht ein kleiner Hinweis existiert, das uns seine wahre Meisterschaft offenbart. Wie dumm ist das denn aus heutiger Sicht beurteilt! Der Punkt ist der: Bilder, auch wenn sie flau sind, verschaffen uns zumindest einen vagen ersten Eindruck von einer Person. Ist sie jung, alt, nett anzuschauen, grimmig im Ausdruck, verschlagen oder nur ein brutaler Rohling? Man ziehe die schlüssige Erkenntnis daraus: Der zügellose Drang zur Selbstdarstellung und zu Selfies ist nicht immer hilfreich. Proteus liefert uns den Beweis: Manchmal, das wird jetzt deutlich, vermag einem etwas Zurückhaltung durchaus vielversprechend anstehen und kann zu strategischen Vorteilen verhelfen.

Was bleibt vor dem Kampf an brauchbaren Starthilfen übrig? Man ratet und hofft und betet. Er ist eben ein Gott und hat es nicht nötig, sich vor allen und jedem in Pose zu werfen. Wie die meisten durchtriebenen und listenreichen Götter wünscht er nicht, dass man sich ein Bild von ihm macht. Nicht jeder ist schliesslich ein Narziss (Narcissus) und der begehrenswerte Abkömmling eines Flussgottes.

Bei Proteus liegt die Wurzel des nicht Vorhandenseins eines Selfies aber weit tiefer. Er ist schlicht der Urvater aller Formwandler. Er braucht diese Anonymität, um unerkannt zu bleiben.

Er nimmt schnell mal eine andere Gestalt an, und schon ist es ihm erfolgreich gelungen, sich aus allen Nachstellungen nachhaltig rauszuhalten. Es ist sein Vorteil, sich mit Leichtigkeit hinter tausend Gesichtern zu verbergen. Und das bedeutet, dass man nie sicher abzuschätzen vermag, wen man gerade vor sich hat.

Mit Ozzy gefragt, eingangs des Songs **Black Sabbath**: «What is this that stands before me? Figure in black which points at me...?» Ist es ein Gott, eine Schlange, ein Baum, das Meer oder das Feuer? Ja selbst in ein flammendes Inferno vermag sich mein Protegé zu verwandeln. Wie viele es trotz aller widrigen Umstände tatsächlich gegeben hat, die gegen ihn im Kampf gewonnen haben, entzieht sich, wie bereits angedeutet, meiner Kenntnis. Dies zu wissen ist für mich aber auch nicht entscheidend. Immerhin findet man in der Überlieferung beispielsweise die Geschichte des listenreichen Menelaus, dem es gelang, Proteus gefangen zu nehmen und ihn so zur Weissagung zu zwingen. Wir gönnen ihm diesen gewiss nicht leicht errungenen Sieg. Daraus darf geschlossen werden, dass ein Sieg gegen meinen Protegé durchaus möglich scheint..

Vielleicht versteht man nun die Symbolik, die hinter dem Pseudonym ‹Proteus on fire› steckt, etwas besser. Literarisch betrachtet offenbart sich in dieser Gestalt eine kaum fassbare Komplexität und Fülle an metaphorischer Dichte. Er verkörpert gleichzeitig alles und nichts. Psychologisch gesehen kleidet er den Inbegriff des nackten Scheins (Maja), der Täuschung und der zeitlosen Wandelbarkeit. Diese Art von Maskenspiel ist uns allen vertraut, nur gebärden wir uns dabei womöglich weniger variantenreich.

Unterwegs vom
Begriff zum Inbegriff

Als alter Lateiner traf ich zum ersten Mal auf den Begriff
‹Corona› in meiner Gymnasialzeit; damals in der Bedeutung von ‹Kranz›, ‹Ehrenkranz› ‹Versammlung›. Dass er
dereinst als Begriff für eine Virusfamilie auftreten würde,
konnte ich zu jener Zeit nicht ahnen.

Andere Begriffe und wichtige Themen wie Wasser-
oder Luftverschmutzung, Waldsterben und Klimawandel
hingegen existierten noch in keinem meiner Lehrpläne.
Wenn man das Wasser eines Baches nicht trinken sollte,
dann sah und roch man das, etwa, weil der Bauer tags
zuvor seine Jauche aufs Feld ausgebracht hatte. Und wenn
sporadisch ein Auto den eigenen Weg kreuzte, dann lag
da zwar ein beissender, öliger Geruch in der Luft, der
einem kurzzeitig die Atemwege reizte, doch das galt als
normal. Deswegen gleich den Klimawandel auszurufen,
das grosse Sterben der Bäume zu verkünden und protes-
tierend auf die Straße zu gehen, das wäre niemandem von
uns eingefallen. Eigentlich bedauerlich, aber das Zeit-
geschehen folgt einer eigenen Logik.

Einige Jahre später gab es zwar immer noch keine
Nanopartikel und auch Plastik kam im Wasser nicht vor,
aber man sah Ereignisse voraus, die bei den Wissenschaftlern damals zu tiefen Sorgenfalten auf der Stirne führten.
So beschäftigte zum Beispiel die Gewässerverschmutzung
zahlreiche Umweltforscher. Damals gab es namentlich in

Waschmitteln zu viele Rückstände. Die schadeten der Wasserqualität und stellten in der Verlängerung für den Menschen und die gesamte Biosphäre eine erhebliche Gefahr dar.

Der Borkenkäfer galt in der Folge eine Zeit lang als Schädling Nummer 1, wohnte in aller Munde und füllte die Frontseiten wichtiger Tageszeitungen. Er trug das Angst provozierende Potential in sich, unsere grossen Waldflächen zu ruinieren.

Was man damals aber definitiv für nicht beachtenswert hielt, war die Angst vor Pandemien. Man verfügte über hinreichend Vertrauen in die Fortschritte der modernen Medizin, welche in einem der Corona-Pandemie vergleichbaren Fall uns wirksam vor Gefahren schützen würde. Seuchen, das waren Übelkeit erregende Relikte aus einer unwirklichen Zeit, wo schwarzgekleidete Schnabeldoktoren mit Handkarren Leichenhaufen in kalkpräparierte Gruben schmissen. Waren wir deswegen naiv?

Heute lasse ich mich belehren, dass das Coronavirus eine der schlimmsten Plagen sei, welche die Menschheit jemals heimsuchte und dass man fieberhaft an einer Schutzimpfung dafür arbeite. Im Fernsehen konfrontiert man mich mit Bildern von endlos sich der Strasse entlang windenden Leichenwagenschlangen auf dem Weg hin zu den Krematorien. Und anstelle der Handkarren sehe ich Kühlcontainer, die mit Leichen zur Zwischenlagerung befüllt werden. Kaum auszumalen, dass man jahrelang dieselben Transporter für den Import und Export von Frischgemüse und Früchten verwendet hatte!

Draussen auf dem Gehsteig wiederum treffe ich täglich auf vermummte Menschen, die einander gesenkten Hauptes schamhaft und ängstlich ausweichen oder mir verklärten Blicks Distanz predigen und sich dabei zwanghaft im wilden Händerubbeln üben.

Das dünkte mich recht freudlos und ich versuchte tunlichst, solch belastende Begegnungen zu vermeiden. Doch letztlich blieb auch mir nichts anderes übrig, als zu lernen, damit umzugehen. «Ich habe in meinem Leben schon wesentlich Verrückteres erlebt,» versuchte ich mich zu trösten, «als Horden von verängstigten Menschen, die auf ihren Handy-Apps nach Infizierten Ausschau halten, zu ignorieren.» Kriege, Seuchen und ähnliche Katastrophen waren immer schon geeignete Anlässe, die menschliche Erfindungsgabe zu beflügeln und in kürzester Zeit neue Errungenschaften, wie etwa die Entwicklung einer passenden App, auf den Weg zu bringen.

Wovor ich mich draussen auf meinen ausgedehnten und beschaulichen Spaziergängen durch die wohlduftenden Fluren und blumenüberwachsenen Wiesen im Frühling aber wirklich fürchtete, war der drohende Lärm, den Hunderte von Flugzeugen täglich bald wieder verursachen würden. Gab es etwas Schöneres als diese Ruhe? Und mich ängstigte die Hektik der in absehbarer Zeit wieder aus dem Lockdown entlassenen Bestie ‹Alltag›. Man fragt sich fast schon verzweifelt, ob es bei all den geleisteten Innovationen dagegen immer noch keinen Impfstoff gibt? Denn Corona wird gehen, der Lärm, der Gestank und die Hektik aber bleiben.

Ist es möglich, dass wir Menschen ohne medizinische Unterstützung aufwachen und nach einer neuen Sicht suchen – weg von angsteinflössender, unübersichtlicher, auf Distanz beruhender und an Mangelwirtschaft leidender Globalität; weg von Mobilität, Konkurrenz und Nationalismus; hin in ein Jenseits vom Neoliberalismus, wo wir weder Schnabeldoktoren noch Kühltransportern begegnen werden.

Ein Garten, eine harmonierende Nachbarschaft, ein stilles Abendrot, der Gesang der Amseln, erfüllt vom Inbegriff eines selbst gestalteten, bereichernden Lebens, das seinem Namen alle Ehre erweist. Das würde mir reichen.

Adel oder Hochfinanz –
Hilfe wäre das wahre Motto

Spätestens nach dem Ersten Weltkrieg und seinen Nachwehen gibt es den Adel im klassischen Sinne nicht mehr. Die alten Monarchien wurden gestürzt und zu charitativen Plakatinstitutionen umstrukturiert. Ähnlich erging es den Kirchen, welche sich seit dem ausgehenden 19. Jahrhundert, der Zeit der Säkularisierung, bis heute auf einer rasanten Talfahrt des Imageverlustes befinden. Im Zuge desselben sozialen, politischen und ethischen Umbaus trat dann die Hochfinanz aus dem Schatten ihres Judas-Daseins und etablierte den Verrat in den Regiebüchern weltweit als die liberale Macht- und Handelsbühne. Seither regiert das Leistungsdenken, welches sich vermeintlich zu jedem Stadium seiner Selbstinszenierung in Zahlen messen lässt. Leistung ist einer der Lieblingsbegriffe des neuen Establishments. Gemessen wird jedoch nicht die eigene Leistung, sondern die der anderen, jene der unselbständig, in Abhängigkeitsverhältnissen Arbeitenden.

Das, wofür Ansehen und Geld erstinstanzlich stehen, darüber gibt es keine Zweifel: wir sprechen da von Macht. Aus der neuen Sicht einer human gestalteten, solidarischen Gesellschaft ist daher entscheidend, wozu das Vermögen der Reichen eingesetzt wird. Die einstige Milde des Monarchen seinen Untertanen gegenüber verlangt nach einem adäquaten Ersatz. Adel und Hochfinanz, welche in der neuen Welt identisch sind, müssten im Zuge dieser verlorengegangenen Humanitas stärker vom Zepter der Solidarität in die Pflicht genommen werden. Bei den unermesslichen Vermögen, welche heute in Umlauf sind, sollte Armut definitiv nicht mehr existieren. Angesichts der ungerechten Vermögensverteilung liegen Reichtümer brach, die nur dazu dienen, die Finanzblase weiter aufzublähen. Die Verteilung des unnützen Geldes an die Armen wirkte diesem Balloneffekt zumindest etwas entgegen.

Die moralisch bewertet verwerfliche Selbstzelebration der Macht sollte ein Ende nehmen. Und ihre tragenden Strukturen müssten zerschlagen werden. Ich spreche hier nicht von Aufständen, Revolution oder Krawallen, denn ich zähle mich zu jenen Menschen, die an die Macht des Geistes und die Einsicht der Vernunft glauben.

Klar stehen wir heute an einem Punkt, wo die Regierenden dieser Welt nur noch nach der Pfeife der Macht tanzen. Und da die meisten Regierungsvasallen etwas zu verbergen haben, sind sie erpressbar geworden. Hier setzt der Stiefel der Macht an. Weitere Mittel zum Erhalt der ungerechten Machtstrukturen bilden Bürgerkriege. Man hetzt Links gegen Rechts, Schwarz gegen Weiss, Muslim gegen Christ und braucht dann nur noch abzuwarten, bis der Hass eskaliert. Zur Not greift man schliesslich zum Mittel des Kriegs oder zu einer Pandemie. Egal was, Hauptsache, man verdient dabei gutes Geld.

Im Gleichnis gesprochen: Die höchsten Gipfel dieser Erde ragen weit über die 8000 Metermarke hinaus. Sie zu erklimmen ist nur wenigen beherzten und vom Wetterglück begleiteten Seilschaften beschieden. Die sie begleitenden Lastenträger bleiben dabei auf der Strecke, sie gehören zum Inventar. Man speist sie mit einem Trinkgeld ab. Alternativ bleibt zu hoffen, dass sie alle Opfer einer Schneelawine werden, die Natur in solchen Höhenlagen hat schliesslich ihre Laune. Zynismus oder nicht, Macht hat ihren Preis, und wer ihr dient, gerät in raues Fahrwasser und muss auf alles gefasst sein. Von der Grausamkeit spricht man dabei nicht.

Ich will das hier nicht weiter ausmalen, denn wahre Macht liegt im Herzen und in der Seele. Ich sagte das schon. Ihr Motto lautet: «Hilfe leisten, da wo Menschen in der Not stecken.»

Und, so fragt man sich neugierig, warum sollte die Macht im neuen Lichte des Herzens und der Seele das tun? Ich finde, das ist leicht zu beantworten: Mächtiger als mächtig kann man nicht sein. Einmal an der Macht, verfügt man über so viele Mittel und Ressourcen und sieht sich mit dem Privileg ausgestattet, anderen Menschen auch materiell zu helfen.

Aber klar, man müsste das aus einer DMZ, einer Art demilitarisierten Zone heraus angehen. Hier nochmals beispielhaft gesprochen: Die Linke Italiens, Italia Libera, legt beim obersten Kassationsgerichtshof, rechtzeitig vor dem Gründungstag der Republik, dem 2. Juni, ein Verfassungsschreiben vor und ruft zu einem Referendum auf, das den italienischen Bürgerinnen und Bürgern die Möglichkeit gäbe, über Verbleib oder Austritt in der Europäischen Union (EU) abzustimmen. Die EU hat es während der Corona-Krise im Frühjahr verpasst, Italien in Zeiten der grössten Not Hilfe zu schicken. Klar, dass man da mit

Fug und Recht politisch darüber nachdenken sollte, ob ein Verbleib in einer kalten Union, die nur auf dem Fundament von Finanzen steht, weiterhin fortbestehen will oder ob man mit einem ItalExit dem Beispiel Grossbritanniens folgen möchte. Aber machen wir uns nichts vor, es könnte sich dabei auch nur um ein simples Druckmittel handeln. Wer spuckt schon freiwillig auf die Hand, die ihm Geschenke reicht.

Es gibt zurzeit viele Schaubühnen auf dieser von Korruption, Neoliberalismus und Machtgehabe gebeutelten Menschenwelt, welche Theaterstücke aufführt, die aus der Feder der Macht stammen. Wie wohltuend sähe sich da ein Schauspiel an, das dem Motto ‹der wahren Macht›, der Solidarität und Nächstenliebe verpflichtet ist?

Ein Brief an das Leben,
die Menschen und den Frühling

Die jugendliche Gretel aus den schwedischen Wäldern schmettert ihr theatralisches «how dare you» in den Saal der ZuhörerInnen der Vereinten Nationen. Und Pinocchio aus dem Weissen Haus rät seinen Patrioten, sich Desinfektionsmittel intravenös zu verabreichen, dieweil seine Nase abermals ein Stück länger wird. Im Dorf begegnen dir vermummte Gestalten und versuchen dich mit ihren stechenden Insektenaugen zu kreuzigen, der du schutzlos versehentlich dazwischengerätst – «how dare you» und Cruella De Vil zelebriert den Shutdown und ruft mit süsslich gequälter Stimme ihre kostbar gepunkteten Kinderchen an die Krippe zu sich.

Verbindet man diese vier Punkte, dann wird uns Eingeweihten klar: Hier wütet an der Oberfläche des Lebens eine Pandemie, in der Tiefe aber bereiten sich die wilden Dionysier zum trunkensten und farbenfrohesten heidnischen Fest vor. Entschuldigt, etwas Dramatik darf es an dieser Stelle schon sein.

Und dann ist es soweit. Die Pracht entspriesst der Tiefe, rankt sich zwischen den leidenden Menschen empor und taucht die Welt um uns in das farbenprächtigste und herrlich duftende Frühlingskleid, begleitet von Fanfaren euphorischer Vogelgesänge; juhe, der Frühling ist jetzt endlich da!

«But how comes», die Menschen sehen ihn nicht, spüren ihn nicht, riechen ihn nicht. Verängstigt schleichen sie stattdessen den rauen Wänden der Häuser entlang, während zur selben Zeit kein einziges Flugzeug die blauen Wasser des Himmels mit seinen Kondensstreifen durchpflügt und verunreinigt. Der Lockdown machts möglich, die Menschen fliegen nicht sinnlos in der Welt herum, lassen ihre Autos zu Hause in der Garage und die Natur feiert dankbar den Frühling.

So könnte eine Parabel beginnen, mit der ich die Erfahrungen der ersten Frühlingswochen dieses unglaublichen Jahres beschreiben würde. Das Leben, man kann es seiner Werte berauben; die Menschen, sie können dabei vielfältig verblöden; der Frühling aber rüstet sich für Pfingsten. Sie ist das grösste Fest des Lebens, wo göttlicher Geist sich unter die Menschen mischt und ihnen die Chance gewährt, Zipfelmützen und Masken abzustreifen. Ihr oszillierender Geist ist es, der uns aufmuntert, dem rundum erneuerten Leben zu folgen.

Das Dasein, man kann es gut oder schlecht finden, es ist alles, was wir haben. Es gibt Gretel, es gibt Pinocchio und auch Cruella De Vils, aber sie alle können ohne uns nicht existieren. Ihre Bosheit, ihre Dummheit, ihre Lügen und ihre Belanglosigkeit nähren sich einzig an den Gedanken unserer Köpfe.

Sie und zahllose andere Wegbegleiter der Corona-Strategie sind nur die stümperhaften Geister unserer nächtlichen Albträume. Wozu sie im Wachen weiter pflegen? Sie schwächen uns und vergrauen uns den Tag, mögen sie doch insgesamt lieber in der Bedeutungslosigkeit verrotten. Wir könnten wie Meister Eder sein. Mutig und tapfer, den Tod nicht fürchtend: Des Nachts vom Liebreiz eines Pumuckl träumen und ihn des Tags erschaffen und uns künftig an seinem Schabernack, seinem koboldhaften Ungestüm und an seiner unbändigen Lebensfreude freuen.

Und ja, wir sind alle genau so reich wie der Ärmste von uns arm ist.

Proteus on fire

Wir die atemlos Getriebenen, unterwegs von einem Hype zum nächsten

Was die Welt derzeit in Atem hält, mit welcher Hektik, Wiederholung und Kreisläufigkeit dies geschieht, erinnert mich spontan an den 1998 erschienenen Film ‹Lola rennt› von Regisseur Tom Tykwer. Der Filmtitel verrät es, der Zuschauer verfolgt für 80 Minuten praktisch atemlos eine rennende Frau. Man wünscht es sich für sich selber, dass Lola diese nervige Rennerei doch endlich lassen würde. Aber nichts da: In drei Wiederholungen starten die Geschichte und das Laufen jeweils neu.

So oder ähnlich verhält es sich bei mir in den vergangenen drei Monaten mit Corona und nachgerade neu mit den amerika- und europaweiten Demonstrationen gegen Rassenhass und polizeiliche Gewalt an Schwarzen. Und am Horizont zeichnet sich unmissverständlich mit den bevorstehenden US-Präsidentschaftswahlen das nächste Debakel ab. Eine Hiobsbotschaft jagt die andere, und Hiob, das sind wir.

Zuerst bringen die Regierenden dieser Welt unser öffentliches, berufliches und privates Leben wegen der Pandemie praktisch zum Stillstand. Daraufhin vegetieren wir eine Weile in Quarantäne, haben Ausgangsverbot, sind in Kurzarbeit oder verlieren sogar unseren Job. Milliarden und aber Milliarden Kredite werden zur Abfederung der Not lockergemacht, was ja angesichts der wachsenden Not durchaus angebracht ist. Und kaum flaut die Angst vor der Pandemie allmählich etwas ab, spricht man von der nächsten Krise. Corona sei lange nicht vorbei. Von Inflation ist die Rede, von Bankrott und von weltweit sich abzeichnenden Wirtschaftskrisen. Ein Angstszenarium jagt das andere. Und schon werden wir kopfüber ins nächste Debakel geworfen und mit Massendemonstrationen «bespreadet». Gewalt und mehr Gewalt. Chancenlos, das eine zu verdauen und wieder einmal etwas tiefer und wieder frei durchzuatmen. Denn dies wäre bitternotwendig, um der düster sich abzeichnenden wirtschaftlichen Zukunft mutiger zu begegnen. Stattdessen prägen Kurzatmigkeit, Herzstechen, Durchfall und sinnlose Hektik unseren Alltag – Lola rennt. Womöglich rennt sie kopfüber in die nächste Coronawelle.

Man hat gemerkt, wie schnell die Hebel der Demokratie mit Hilfe eines einzigen Angstmachers umgelegt werden. Der damit angerichtete Scherbenhaufen wird dann hurtig unter den Schrank gekehrt und mit Schönfärberei übertünkt. Die Frage sei erlaubt: «In was für einer Welt leben wir?» Anschaulich vermag man sich jetzt eine lebhafte Vorstellung davon vor Augen halten, was geschehen wird, wenn Menschen ihre Autonomie aufgeben oder sich dazu drängen lassen, medien- und obrigkeitshörig zu werden und ihre Persönlichkeit hinter einer Hygiene- und Schweigemaske zu verbergen. Das vielgepriesene freie Volk der Dichter, Denker und Seher ist paralysiert und fällt in den Tiefschlaf. Stanley Milgram lässt freundlich grüssen.

Angesichts der sich abzeichnenden Erholung an der Coronafront wäre es nunmehr an der Zeit aufzuwachen.

Wir anderen, die nicht so leicht den schnellen Schlaf finden, dürften uns etwas mehr freuen und der nächsten Zukunft offener entgegentreten. Aber nein – Lola rennt immerzu weiter – und erneut gibt es Gründe zu zittern. Stürzen wir uns etwa blindwütig amerika- und europaweit in eine zunehmend eskalierende Gewaltwelle, die womöglich hier und dort in einen Kleinkrieg ausarten wird? Das wünscht sich keiner. Niemand, der bei Verstand ist, sucht den Krieg, weder den grossen, den verdeckten noch den Bürgerkrieg.

Was hat es mit diesem George Floyd auf sich? Welchem Albtraum entsprang dieser Mord? Warum vermag diese Gewalttat die Menschen rund um den Globus derart in Rage zu bringen? Mord ist eben nie zu akzeptieren. «Man soll das eine tun und das andere nicht lassen» – dies ist bloss ein dummer Spruch. Denn wer schürt diesen Nächstenhass, zu welchem Zweck? Was verspricht man sich davon? Daraus wird kaum Gutes entstehen. Ich wünschte mir, wir liessen es bleiben: endlich Zeit zum Einhalten und Nachdenken, sich sammeln und neu formatieren? Aber klar, Lola rennt immer weiter. Wird die Frau denn nie müde? Ist es nur sie, die spinnige Idee eines Regisseurs, oder haften Hyperaktivitäts- und Restless-Legs-Syndrom unserer Zeit an?

Ruhe, Gelassenheit, Erholung? Nichts wie frommes Wunschdenken meinerseits, denn zu alldem sorgt ein auf Wahlkampf getrimmter, höchst umtriebiger und schwer berechenbarer Trump ausgebufft und lauthals in kurzen Zeitabständen für einen Trommelwirbel um den anderen.

Aber keiner, weder Freund noch Feind, wagt, wegen der bevorstehenden Wahlen nachhaltige Entscheide zu treffen, um dem ganzen Irrsinn endlich ein Ende zu bereiten. Alles wirkt weiterhin überstürzt, plan- und atemlos, wie wenn wir uns immer von neuem losrennend auf der Flucht vor einem jedes Mal anderen Feind befänden.

Da droht man irre zu werden, die Orientierung und den Glauben an das Gute zu verlieren – die einen werden zumindest kurzatmig und andere leiden an psychosomatischen Störungen. Die Grenzen zwischen den Risikogruppen und den weniger Gefährdeten werden allmählich verwischt, und alles wird zur Gefahr, und die schiere Fülle der Mitteilungen schwappt in getakteten Abständen wie gischende Brandung eines windgepeitschten Meeres über uns hinweg. Das macht müde.

Womöglich wäre es hilfreicher, wenn wir uns den persönlichen Ängsten stellten. Ein probates Mittel, ich empfehle es, versteckt sich hinter dem Ausschaltknopf: Nur Mut, drück den Knopf an der Medienkiste, erstaunlich, wie still es wird. Selbst Lola lässt dann das Rennen und bleibt wie erstarrt endlich stehen. Dieses Verhalten, man nennt es Medienabstinenz.

Narrativ und Agenda –
politisch enden sie oft in blutigen Kriegen

Narrativ, warum sollte ich dich mögen? Egal, was du ausheckst, ich kann es nicht ausstehen, weil du nur schauspielerst. Bist ein modernes Modewort. Bist wohl auch so ein Begriff mit Immigrationshintergrund – eingewandert aus dem englischen Sprachraum. Narrative sind was für Strategen, sollen uns anderen unsere Gesellschaft deuten. Man sollte sich vor Narrativen hüten, sie dienen meist nur zur Beschönigung eines wenig befriedigenden Zustands. Und sie erklären meist gar nichts. Ich gehe auf Distanz zu dir und diskreditiere deinen Redefluss.

Damit könnte die Sache für mich gegessen sein. Man setzt sich über etwas hinweg und will damit zu verstehen geben, den Durchblick zu haben und einer zu sein, den man nicht so leicht an der Nase herumführt.

Was gibt es nicht alles, dem das Etikett «Narrativ» anhängt: das Christentum, das Abendland, der Westen, die Demokratie. Eine endlose Liste von sozialen und kulturellen Zielsetzungen ist so unter dem historischen Blick entwertet oder verfälscht worden. Doch wo führt das hin? Welche oder wessen Agenda steckt dahinter? Damit wäre ich dann auch schon beim zweiten Begriff angelangt, dem ich zutiefst misstraue. Doch davon etwas später.

Wie ergeht es damit den Individuen, die wir uns in einer Aura von persönlichen und sinnstiftenden Erlebnissen bewegen. Man kennt uns in der Regel nur aus dem Blickwinkel, den wir durch unsere handgezimmerte Warte dem Gegenüber eröffnen. Erzählt nicht jeder gerne von sich aus seinem Leben, und schmückt seine Erlebnisse möglichst eloquent und wortmalerisch aus und hüllt sich in den gefälligen Mantel seiner von ihm aufgesetzten individuellen Geschichtsschreibe. Ein jeder soll hier kurz innehalten und persönlich hinterfragen, ob er sich in dieser Robe liebt? Verstehe, irgendwie eine sinnlose Frage, wer stellt sich schon freiwillig als Redner nackt vor eine Versammlung, um Überzeugungsarbeit in eigener Sache zu leisten.

Gesetzt es gibt sie, die macht- und geldhungrigen Agenten der Moderne, denen jede sozialwissenschaftliche und psychologische Technik der Bevölkerungskontrolle eignet, um uns auf Knopfdruck zu indoktrinieren, zu emotionalisieren, nach jeder nur gewünschten Hinsicht zu instrumentalisieren – klingt grässlich: Man sollte das hinterfragen, wozu verwendet jemand solche Techniken und – zu welchem Zweck und Ziel? Und damit sind wir jetzt endgültig beim zweiten modernen Begriff angelangt, dem der ‹Agenda›.

Von uns allen wird erwartet, dass wir über eine Agenda verfügen. Wer keine hat, ist eine Stinksocke und Schlafmütze und gibt damit zu erkennen, dass er in diesem Leben nicht viel zu erreichen beabsichtigt. Wer etwas anstrebt, setzt sich Ziele, definiert Etappen auf dem Weg zum Endziel und entwickelt für sich strategisch die dazu geforderten Zwischenschritte. So entstehen Agenden. Jedermanns Agenda beinhaltet all das, was er braucht, um seinen Lebensplan zu realisieren. Doch lasst uns hier bitte nochmals kurz innehalten. Ich bin davon keineswegs überzeugt, dass wir Menschen immer so strukturiert vorgehen. Stets den Plan im Hinterkopf mit uns herumtragen und zur Not sogar in der Lage sind, auf einen Plan B umzusteigen. Sähe so das Leben für uns aus, wenn wir es frei wählen dürften? Agenden sind doch eher etwas für politische Parteien, für Revolutionsführer und Abteilungsleiter, um die auf sie fokussierten Menschen bei der Stange zu halten und sie anzuweisen, wo es langgeht.

Man sieht schon, ist so eine Sache mit Agenden, vereinen fraglos nützliche Aspekte in sich. Von ihnen strahlt unter entsprechend veränderten Umständen aber sehr viel Gefahr aus.

Unter der Regentschaft eines Despoten sind solche Agenden meist desaströs. Verderblich und zerstörerisch für jene Menschen, die vom Goodwill des Regierenden abhängig sind. Solange jedermann nach seiner Agenda lebt und sich dabei massvoll in die Gesellschaft integriert, hat das seine Richtigkeit. Benimmt sich aber einer wie ein Elefant im Porzellanladen und zeigt mit der Peitschenspitze voraus allen anderen, wo sie lang zu marschieren haben, ist es von Vorteil, wenn man sich diesem, aus humanistischer Sicht, nicht legitimen Anspruch schleunigst zu entziehen versucht. Solche Auftritte werden mit pompösen Militärparaden gestartet und enden an irgendeiner Verderbnis bringenden Kriegsfront. Leider, das zeigte sich im Verlauf der Geschichte wiederholt, kommt uns so offen und direkt selten einer daher. Meist schmieren uns seine vorauseilenden Strategen Honig um den

Mund, bekleckern uns mit überzeugenden Narrativen – und erst dann schicken sie uns in voller Montur in den Krieg. Wer nicht spurt, ist ein Feigling und Verräter.

Im Soge von strukturierten und wohlausgedachten Narrativen wacht man aus dem Träumen selten freiwillig auf. Das geschieht erst dann, wenn die Realität die Sprache der neuen Agenda spricht. Hinterher ruft euch einer gereizt zu: «Leute, jetzt ist es zu spät, um wieder umzukehren! Mitgegangen, mitgefangen». Folglich: Immer möglichst umgehend auf Distanz zu verdächtigen Narrativen gehen.

Politisch und sozial betrachtet ist es durchaus von Vorteil, sich etwas Misstrauen und Zurückhaltung gegenüber solchen Strategien aufzusparen. Sollten sich Pläne im Verlauf der Entwicklung zum Guten wenden, dann ist es immer noch früh genug, sich ihnen anzuschliessen.

Zu vertrauen, zu lieben und verletzbar zu sein ist uns eigen! Leider kann uns bei dieser Ausgangslage niemand davor bewahren, immer mal wieder in den Klinsch zwischen Liebe und Macht zu geraten. Auf welcher Seite stehst du? Hoffentlich mitten drin.

Hänsel und Greta –
das etwas andere CO2-Märchen

Die aufwühlende Geschichte vom unbändigen CO_2-Ausstoss beginnt nicht beim Alltagsverkehr und endet auch nicht mit Greta. Ich will es vorwegnehmen, in dieser Version des Märchens wird das wimmernde Hänsel ignoriert und aussen vorgelassen. Es wird in unserer Geschichte schon in den ersten Tagen des Aufenthalts im Knusperhäuschen von der bösen Hexe, wie eigentlich zu erwarten gewesen wäre, aufgefressen. Und das Gretel nennt sich in der schwedischen Sprache Greta. Und weil sich die verlogenen Eltern aus dem Märchen so gar nicht schämten, schickten sie nur zum Schein die Jäger in den Wald, in der Hoffnung, sie würden ihre geliebten Kinder, Hänsel und Gretel, endlich los sein. Sie wollten sie ja nicht mehr. Doch weit gefehlt, Greta gelang es auf glückhafte Weise, sich vor dem Kannibalismus der Hexe zu schützen. Zudem gelang es ihr auch, dank günstiger Umstände, sich aus ihrem Machtzirkel der süssen Versuchungen zu befreien. Danach wurde sie unverhofft aufgefunden und wohlbehalten wieder nach Hause zu den liebenden Eltern zurückgebracht.

Greta fand psychologisch gesehen durch die Erlebnisse, ausgesetzt und heimatlos im dichten Wald, zu Bewusstsein, indem sie zuerst, als vermeintliches Zuhause, auf das Knusperhäuschen stiess und so sich in der Verlängerung, entwicklungspsychologisch gesehen, auch wieder die Tür nach Hause zu öffnen vermochte – unbewusst natürlich. Wer in Sachen Psychologie nicht so versiert ist, muss wissen, dass sich ein Mensch in der Gefahr und Hoffnungslosigkeit stets ein versüsstes Wunschtörchen offenhält, um zurück dahin zu gelangen, wo alles noch in Ordnung schien oder seinen Ausgang nahm.

Trotz Hunger und Angst hatte sich Greta ihre wachen Sinne im Walde bewahrt und sicherlich sogar noch geschärft. Es roch so verführerisch gut – aber vermutlich nicht nach Lebkuchen. Nein, es lag der schwere Duft von Moos in der Luft, gewürzt vom Geruchsbouquet der wilden Blumen und des Tannenharzes. Anstelle des lauten Getöses von Motoren, Hupen und Sirenen umgab sie im dunklen Wald nur Stille, das Summen vereinzelter Bienen und das leise Brechen von Ästen, verursacht durch das verängstigte Davonrennen aufgeschreckter Rehe.

Das hatte ihr gefallen, änderte indes aber nichts daran, dass die anderen drei Player, Militär, Bauwirtschaft und Landwirtschaft, im Klimastreit munter weiter CO_2 als unrühmliches Nebenprodukt vertrieben.

Während im richtigen Märchen die Menschen beim Zuhören plötzlich einhalten und zur einzig richtigen Einsicht gelangen, dass es verderblich sei, sein Leben ausschliesslich der Versuchung und dem Ringen nach Geld und Reichtum zu verschreiben, bleibt diese wichtige Zusatzerkenntnis im beherzt inszenierten Greta-Märchen aus. Ohne diese Einsicht, welche hier gleichzusetzen ist mit dem oben beschriebenen psychologischen Wunschtörchen, wird sich niemand finden, der die böse Hexe in ihrem Knusperhäuschen beherzt in den Ofen stossen wird und uns so aus diesem Teufelskreis von monetärem Haben, Wollen, Verdienen und Erlangen befreien würde. Nicht das CO_2 ist schuld an den widrigen Umständen. Ursache ist unsere Handhabung des Alltags im Streben nach Geld, Macht und Gold. Eigentlich braucht es keine Klimakampagnen, es reicht ein sich in Erinnerung rufen der Botschaft des Grimm-Märchens ‹Hänsel und Gretel›.

So steht es im Buch der Bücher geschrieben

Es war einmal ein junger Prinz, der hatte über lange Jahre hinweg in friedlicher Co-Existenz mit dem Internet gelebt. Es gefiel ihm, das Internet: Wie die Tasten beim Antippen so lustig klapperten, das Flimmern des Bildschirms, das ihn anregte und wach hielt und vor allem der Umstand, dass man sich da vielfältig austoben konnte, wenn man verstand, wie es zielsicher einzusetzen ist. Diese Fähigkeit hatte unser Märchenprinz sich mühsam angeeignet, denn er fand im Internet unter den passenden Rubriken alles, was ihn über seine Freunde interessierte.

Er konnte dort zum Beispiel täglich mitverfolgen, was die Königstochter, die Geliebte seiner Wahl, in ihr Face-Tagebuch schrieb. Er wusste dann, ob es ihr gut ging, ob sie glücklich war und was sie gerade umtrieb. Auch vernahm er auf diese Weise, ob ihr ohnehin schon unglaublich vermögender Vater zwischenzeitlich neues Gold zur Freude seiner Schatzmeister für die Stadtkasse erwirtschaftet hatte. Jeder weiss, wie schwierig das in schlechten Zeiten zu bewerkstelligen war und in rezessiven Zeiten geradewegs einem Kunststück gleichkam, da das Geld ja fast täglich an Wert verlor und darum mehr Geld nicht zwingend mehr Vermögen bedeutete.

Doch das waren nicht die wahren Interessen unseres naiven Prinzen, denn in seinem Verständnis besass man selbstredend Vermögen, man musste es sich nicht erst noch verdienen. Dessen ungeachtet gefielen dem Prinzen vorrangig die unzähligen schönen Bilder seiner Angebeteten, ihre entzückenden Porträts und die Schnappschüsse ihres Hofphotographen, der sie der Reihe nach in vielen ihrer herrlichsten Hofkostüme abgelichtet hatte.

Bei diesen Recherchen, wie er es nannte, sah er eher unauffällig und wie beiläufig auch mal nach, wer das eine oder andere Bild geliket hatte, wer zu den Freunden der Prinzessin zählte und wer sich besonders zu profilieren versuchte, indem er lustige oder geistreiche Kommentare verfasst hatte, um ihr zu gefallen. Auch wenn er es nicht freiwillig zugegeben hätte, er zählte zweifelsohne zu den eitelsten und eifersüchtigsten Verehrern auf dem ganzen Kontinent, obwohl er der Königstochter seine Liebe bisher noch nicht gestanden hatte.

Doch dann, eines schönen COVID-19-Tages, stiess er auf eine sensationell neue Site, die fortan seine ganze Aufmerksamkeit erheischte und alles andere dabei verblassen liess. Man konnte auf dieser Site, in blutroten Lettern auf schwarzem Hintergrund geschrieben, ganz exakt ablesen, wie viele Soldaten weltweit ihr Leben auf den Schlachtfeldern der Pandemie lassen mussten. Die Zahlen wurden verdankenswerterweise täglich mehrmals aktualisiert, so dass sich unser Prinz stets auf dem neuesten Stand wusste.

Man muss dazu wissen, dass zu der Zeit die schwarz beseelten Könige, von denen es weltweit dem Sagen nach einige gab, sogenannt strategische Kriege und Metzeleien führten. Diese meist illegitim geführten Scharmützel dienten vornehmlich dazu, die ohnehin schon prallvollen Kassen ihrer ambitionierten Schatzmeister weiter zu füllen. Der Schatzmeister ist des Königs bester Freund, solange die Kasse stimmt. War eine Geldkiste voll, und das ging sehr schnell, so schleppten die nimmersatten Säckelmeister gleich wieder neue Behältnisse herbei, so dass der König sofort wusste: «Oh Schreck, es gibt immer noch leere Kassen. Auf ihr Krieger, hurtig in den Kampf!» Das motivierte die schwarzen Könige, noch viele weitere gewinnbringende Kriege zu führen.

Der junge Prinz fühlte sich, wie geschildert, auf der neuen Site schnell heimisch und lernte, in spielerischer Form die ständig sich erhöhenden Zahlen zu interpretieren. In Ländern, in denen es viele Menschen gab und darum auch gutes Geld verdient wurde, starben beispielsweise mehr Soldaten als in Ländern, die klein waren. Gleichzeitig starben in Ländern, wo die Menschen arm waren, weil ihr König allen Reichtum für sich hortete, ebenfalls mehr Soldaten auf den Kriegsfeldern. Diese wurden nämlich schlecht verpflegt, so dass sie folgerichtig für kräftezehrende Kriege zu schwach waren. In Ländern, wo Könige lebten, die besser zu ihren Soldaten schauten, man nannte diese liebevoll die weissen Könige, in deren Reihen waren weit weniger Tote zu beklagen. Die Soldaten waren ihren Königen gerne zu Diensten, und da sie stets hinreichend genährt und grosszügig bezahlt wurden, war ihre Kampfkraft zusätzlich gestärkt, und man konnte sie nicht so leicht besiegen wie jene schwächlichen Kämpfer der schwarzen Könige.

In jener Zeit, man nannte sie die Ära COVID-19, grassierte also ein grässliches Fieber, das täglich neue Menschen befiel und leider auch viele, zu viele, qualvoll hinraffte. Das Fieber hiess ‹Gier›. Menschen, die an dem Fieber litten, gebärdeten sich nach kurzer Inkubationszeit wie Verrückte, schienen von Sinnen, suchten nach ihren Kampfutensilien und drängten darauf, unbedingt in einen Krieg auszurücken, um im nächstbesten Nachbarland einzufallen und die dortige Staatskasse zu plündern. Dieses Fieber grassierte schon nach kurzer Zeit weltweit, gleich einer Pandemie, und keiner wusste, wie damit medizinisch umzugehen sei. Schliesslich kam auch keiner von ihnen auf die Idee, dass es sich hierbei nicht um ein medizinisches Problem handelte.

Unseren jungen Prinzen hingegen befiel ein ganz anderes Fieber. Jeden Tag begab er sich mehrmals auf die mit blutrot getränkten Buchstaben bestückte Internetsite und studierte die Zahlen peinlichst genau und nach verschiedenen Auswahlkriterien. Er erstellte viele Statistiken und lernte schnell zu unterscheiden, ob der jeweilige Tag ein guter war, weil es überdurchschnittlich viele, eher durchschnittlich viele oder leider aber vergleichsweise nur wenige neue Infizierte gab. Ob den Tagen mit überdurchschnittlich vielen Infizierten verspürte er grosse Freude. Ein besonderes Vergnügen bereitete es ihm, die guten Tage miteinander zu vergleichen, um eine Art Super-Hitliste zu erstellen, wo diese emotional positiven Tage in weit hochragenden Säulen in ihrer Rangordnung aufgelistet wurden.

Das Fieber machte offensichtlich reiche Ernte, denn die roten Kreise auf der Weltkarte breiteten sich täglich weiter aus und wurden stets bauchiger. Es gab Kontinente, die einer riesigen Blutlache glichen, während in anderen Ländereien erst vereinzelt kleinere Krisenherde zu erkennen waren. Auf Letztere verlegte der Prinz in den Folgetagen sein besonderes Augenmerk. Manchmal stiess er dabei verhaltene kleine Schreie des Entzückens aus, wenn ein kleiner Punkt sich anschickte, bauchiger zu werden und an Umfang zuzulegen.

Die Site listete in weissen Lettern der Unschuld und des Bedauerns aber auch die täglich steigende Zahl der Verstorbenen auf. Dabei wurde kein Unterschied gemacht, ob es Soldaten traf, die auf dem Kriegsfeld starben, oder ob es sich um zivile Opfer handelte, die lediglich das Pech hatten, sich zur falschen Zeit am falschen Ort aufgehalten zu haben. Diese Statistik bereitete dem Prinzen kein Vergnügen. Sie bedeutete weniger Erfolgsaussichten und geringere Kriegsernte. Auch wusste er, dass die Trauer der Hinterbliebenen um ihre Gefallenen die Kampfmoral der auf dem Schlachtfeld verbliebenen Soldaten zu schwächen drohte. Hinter vorgehaltener Hand wurde gemunkelt, dass es dreimal so viele zivile Opfer gebe wie gefallene Soldaten. Davon wusste der Prinz nichts, da man im Internet auf solche Statistiken bewusst verzichtete, da sie als nicht systemrelevant taxiert wurden.

Mehr Ansporn hingegen versetzte ihm eine weitere statistische Grösse auf der Site, nämlich jene der vom Fieber gesundeten Menschen. Diese trugen unweigerlich das Potential in sich – gewöhnt an den Kriegsalltag und strategisch versiert – zu besonders heldenhaften und mutigen Kriegern zu avancieren. Es wurde alles daran gesetzt, diese Kampfspezialisten möglichst schnell wieder kampfstark zu machen, um sie an die Fronten zurückzuschicken. Sie wurden zu Führern ausgebildet und weltweit in die verschiedensten Kriegslager verteilt. Es geschah dies auf Weisung der Schatzmeister, da diese bemerkt hatten, dass Truppen mit Führern aus der Gruppe der Genesenen besonders effizient, schlagkräftig und strategisch umsichtig und klug zu Werke gingen. Sie verkörperten die Menge der Asse im Spiel um Macht, Sieg und Geld.

Die Ära COVID-19 war im Rückblick gesehen eine Zeit des hemmungslosen Wirtschaftsaufschwungs. Wir wissen jetzt auch warum.

Einige wenige Könige schafften es in jener blutgezeichneten Ära zu ungeheurem Reichtum. Leider gab es natürlich auch Verlierer, die unzähligen Toten, die beklagt wurden und haufenweise anonym auf den Kriegsschauplätzen vermoderten und in kalkgetünchten Massengräbern entsorgt werden mussten. Den keiner verspürte Lust, auf jeden einzelnen der Gefallenen eine vaterländische Lobeshymne zu singen. Ein Massengrab war gut, da bedurfte es nur einer einzigen Ruhmeshudelei.

Jene, die es von den pestverseuchten Kriegsschauplätzen weg, halbwegs gesund oder leicht verkrüppelt, nach Hause schafften, mussten mit Wehmut feststellen, dass ihre Frauen und Kinder von Armut und Hunger gezeichnet waren oder bereits in der Folge an Schwäche, Elend und Verzweiflung sowie an den daraus resultierenden Krankheiten verstorben waren. Das Leid war gross.

Es hinderte die reicher gewordenen Könige auf ihren noch prächtigeren Schlössern aber nicht daran, denn Scham kannten sie nicht, pompöse und anstössige Siegesfeste zu feiern, um sich gegenseitig zu ihren grossen Erfolgen begeistert auf die Schultern zu klopfen und sich zu beglückwünschen. Die aus den Kriegen lebend heimgekehrten Menschen schmissen angesichts dieser Schmach und Respektlosigkeit ihrer Könige die Waffen weit weg und schworen, nie jemals wieder als gefügige Handlanger für einen der gewissenlosen schwarzen Könige eine scharfe Klinge zu führen.

Für den jungen Prinzen endete damit eine zwar interessante, aufschlussreiche und äusserst spannende Zeit, machte ihn aber gleichzeitig zu einem einsamen und vergrämten Menschen. Was er da gesehen hatte und was ihm zweifellos eine Lehre sein sollte, verpuffte nutzlos. Eigenes Leid und ein schlimmer Verlust traten auf den Plan und liessen ihn seine Kriegserfahrungen schnell vergessen. Er hatte nämlich auch seine wunderschöne Prinzessin ob all der Zahlen und vergnüglichen Rechnereien aus den Augen und aus dem Sinn verloren. Es war seiner Aufmerksamkeit entgangen, dass sich zwischenzeitlich ein anderer Prinz an seiner Statt für sie interessiert hatte. Diesem Glückspilz schenkte sie gerne ihr Herz, da er nur Augen für sie und ihre adlige Schönheit hatte. Sie wusste, er würde davon nicht ablassen und sie stets im Auge und im Herzen halten. Der glückliche Prinz gelobte, sein Schwert für immer beiseitezulegen und sie fortan auf Händen zu tragen.

Von da an herrschten weltweit friedliche Zeiten, in denen selbst die reichen Könige wieder lernten, mit ihren Untertanen zu teilen. Nicht ganz uneigennützig, versteht sich, denn es würden gewisslich wieder andere Tage kommen, wo man auf den Willen und die Kampfkraft seiner Untertanen von neuem angewiesen sein würde. Und siehe, auch die schwarzen Könige hatten dazugelernt. Denn auf sieben schlechte Jahre würden bestimmt wieder sieben goldene Jahre folgen. So stand es im Buch der Bücher geschrieben.

Es ist immer gut,
einen Trump im Ärmel zu haben

Als erfahrener Zocker weiss man, worauf es ankommt: «Es ist gut, in jedem Spiel wenigstens einen Trumpf im Ärmel zu haben.» Mein Pech, das ich nicht zu jener Sorte erfahrener Spieler zähle. Meist setze ich mich an den Tisch und habe das Spiel schon verloren, bevor ich überhaupt dazu gekommen bin, meine Karten aufzunehmen und passend zu ordnen.

Da ich nun erwiesenermassen kein guter Spieler bin, habe ich mich darauf fokussiert, mein Glück in anderen Dingen zu suchen. Etwa in einem Sonnenuntergang beim Abendspaziergang nach einem anstrengenden Arbeitstag. Und dabei erfahre ich dann meist mehr Glück. Dies ist jedoch nicht besonders verwunderlich, da man mit einiger Sicherheit und Gelassenheit davon ausgehen kann, an einem ruhigen Sommerabend, ohne am Horizont drohendes Gewittergewölk, tatsächlich in den Genuss eines flammenden Abendhimmels zu gelangen. Proteus on fire lässt grüssen.

Das bringt mich auf etwas ganz anderes: Womöglich sollte man sich überhaupt angewöhnen, im Umgang mit schönen Dingen stets nur kalkulierbare Risiken einzugehen. Das bewahrt uns vor Enttäuschungen und schärft den Blick für ein ruhiges Abwägen von Situationen, in denen man sich entscheiden soll.

Wenn Corona mich eines gelernt hat, dann das Erlebnis, wie wunderbar duftend und würzig und voller Vogelstimmen Luft und Natur sind, wenn man sie beide ungestört walten lässt; kein Fluglärm, keine Autos, kein Benzingestank und vor allem keine Hektik. Wenn man sich von der Pandemie nicht zu sehr einschüchtern liesse und nicht in jedem Trashhaufen mitmistete, von dem uns die Medien täglich sechzehn Stunden lang von der Frühe bis abends spät berichteten, dann verfiele man in einen Ausnahmezustand der ganz anderen Art; dann nämlich fühlte man sich glücklich und spürte ein besonderes Gefühl hochsteigen: Teilhaber zu sein an einer Welt, die uns auf Zeit geschenkt worden ist.

Doch was hat das mit Donald Trump, dem gegenwärtig amtierenden Präsidenten der Vereinigten Staaten zu tun. Wenig und doch viel. Man sagt, er, Putin und Xi Jinping teilten die Welt nach Belieben unter sich auf. Man verspottet einander, man stösst Drohungen aus, man entwickelt Visionen, wie die Welt dereinst ausschauen soll. Das ist insgesamt lediglich Geplänkel – und soll es auch bleiben. Mögen sie, die grossen Führer, sich artikulatorisch attackieren, was soll's – es kratzt mich nicht. Und auch andere nehmen das hoffentlich kaum richtig ernst. Zum Glück nicht. Frag den Mann auf der Strasse und du wirst immer nur eines vernehmen: «Ich will keinen Krieg. Da kann keiner gewinnen und wir alle gehen daraus als die glücklosen Verlierer hervor.»

Woher ich die Zuversicht für eine friedliche Welt herhole? Nun, ich habe gewissermassen eine kalkulierte Risikoanalyse gemacht und bin zum Schluss gekommen, dass ich in diesem Glücksspiel noch einen Trump im

Ärmel habe. Er mag sein, wer er will, dieser arrogant auftretende Präsident, eines ist sicher, im Gegensatz zu seinen Amtsvorgängern hat er in den bisherigen vier Präsidialjahren noch keinen Krieg geführt. Das macht ihn zwar zu keinem Vorzeigemenschen und auch nicht zu einem Helden, aber es schenkt uns eine gewisse Stabilität und Ruhe für die anderen Dinge des Lebens, die weit wesentlicher sind als Kriege um Ressourcen auf Kosten von sinnlos geopferten Menschenleben.

Man würde es vorziehen, im Zusammenhang mit den Staatsführern der Gegenwart von anderen, beachtlicheren Talenten zu sprechen, aber man nimmt eben, was man kriegt. Pragmatisch, aber klug.

Ich erinnere dabei an die Redewendung vom Spatzen in der Hand. Wenn für politische Prognosen die Wahl wenigstens auf das Minimum des Verfügbaren, auf ein sogenannt kalkulierbares Risiko fällt, ist das schon als ausserordentlicher Glücksfall einzuschätzen. Staatsführung und Willkür sind sich nicht ganz so fremd, wie man vielleicht annehmen möchte. Zweitausend Jahre europäische Geschichte haben uns das gelehrt.

Machen wir es wie bei der Coronapandemie. Wir spielen mit, lassen uns aber von den Mitteilungen und Meldungen nicht zu sehr runterspülen und in den Depressionsstrudel reissen. Verlegen wir uns lieber auf den Genuss dessen, was uns aktuell als Geschenk in Obhut gegeben wurde, das Leben. Hat man erst mal begriffen, dass die Welt nicht unser Eigentum ist, dann befindet man sich auf guten Wegen und geniesst, solange man darf.

Die Welt gehört weder den Grossmäulern noch den Ränkeschmieden, auch nicht den Superreichen und schon gar nicht den Dummköpfen. Darum sollte jeder schauen, dass er, auf seine Bedürfnisse zugerichtet, stets einen Trumpf im Ärmel mit sich führt. Wem das zu wenig ist, dem möchte ich abermals in Erinnerung rufen, dass keiner von uns das Recht auf Leben gepachtet hat. Was Verfassungen uns zubilligen, mag beruhigen, die Natur hingegen spielt nach anderen, nicht von Menschen geschaffenen Regeln. Aber ich verstehe, das ist kein Trost.

Besser, ich mach jetzt einen auf Siegfried

Die Staatsschmieden europaweit nutzen die Ablenkung und den allmählichen Überdruss der Bürger an Corona für ihre suspekten Pläne. So wenigstens schlussfolgern Menschen, die wenig Vertrauen in den Status quo unserer Gesellschaft investieren. Wieder andere rufen zu Demonstrationen auf, im Wissen darum, dass man im Namen der Gerechtigkeit der Ansteckungsgefahr neuen Zunder liefert. Gleichzeitig verstehen es viele Menschen nicht, mit der zurückgewonnenen Freiheit eigenverantwortlich umzugehen. An speziellen Orten übt man sich probeweise wieder in der Distanzlosigkeit, tummelt sich demonstrativ ausgelassen durch die sonnenölverschmierten Fleischmassen am Strand und wird einigermassen erstaunt sein, wenn dann die Krankheit im Herbstwind neuen Aufschwung gewinnt.

Doch zurück zu den Schwertern und ihren Schmieden. Es gibt Haudegen unter den Regierenden, die nutzen die Gunst der Stunde und führen schrittweise den bargeldlosen Zahlungsverkehr ein. Einzelne Wegbereiter machen sich zur gleichen Zeit schon mal stark für Chip Kampagnen. Andere Ritter tätowieren sich einen falschen Äskulapstab auf den Arm und begünstigen über zweifelhafte Praktiken die Entwicklung eines neuen Impfstoffs gegen das Virus. Vermutlich umgeht man die Testphase mit Ratten und Affen und sucht umgehend nach Freiwilligen (nach Menschenaffen), die sich den neuartigen Stoff versuchsweise einspritzen lassen. Die Probanden tun es gerne – denken dabei: Wird schon schiefgehen! Sie sind glücklich über den kleinen finanziellen Zustupf für ihre mutige Bereitschaft, im Dienst des Mitmenschen bereitwillig hinzuhalten. Und last but not least, ein Stosstrupp von Softwareentwicklern ringt um eine neue App, die ihrerseits Wunder vollbringen soll im Kampf gegen die Krankheit. Wow, ja der Mensch ist eben kreativ, besonders – oder gerade in schweren Zeiten, wo Auswege rar sind und Ideen sich schnell als Holzwege entpuppen.

Bargeldloser Zahlungsverkehr, implantierte Chips, kaum getestete Impfstoffe und eine Wunderapp stehen also zuoberst im humanistischen Wunsch-Kalender. Da fragt man sich doch unwillkürlich: «Warum diese Eile, und wem soll das Ganze dienen?» Geht es hier um uns Menschen und unser Überleben, oder steckt da mehr und anderes dahinter?

Das bargeldlose Schwert, es macht uns gänzlich zu Marionetten des Geldsystems. Will das keiner sehen? Wie schön! Wir brauchen dann keine Gefängnisse mehr. Wir manipulieren einfach die Kreditkarten und Chips aller Delinquenten dahingehend, dass sie nur noch im Umkreis von fünf Kilometern mit ihren aufs Notwendige limitierten Karten einkaufen dürfen. Und wer uns auf den Kicker geht, dem streichen wir sämtliche Ressourcen – Asoziale und Terroristen bringt man dann entsprechend dem Vorbild des CIA unbemerkt für immer zum Schweigen. Man braucht dazu nicht mal eine Drohne und kostspieliges Bombardement. Darüber hinaus darf man vor Stolz platzen und sich in Pose werfen, so wie Trump, der lauthals bekannte, dass er General Soleimani, den Terroristen, umbringen liess. Hoffnungsvolle, befriedete Zeiten, denen wir da entgegen blinzeln. Flüchtlinge brauchen uns dann nicht mehr zu kümmern, haben sie keine Kreditkarte, dann gibt es nichts zu holen. Ade Europa, hier gibt es für euch noch weniger als in euren Herkunftsländern.

Einen Vorteil hat das Ganze, wir brauchen dann keine Steuererklärungen mehr auszufüllen, da der Staat ohnehin schon detailliert einsehen kann, wie wir unser ‹Geld› verdienen und wo und wofür wir es ausgeben.

Dank einer hervorragend funktionierenden und leicht weiterzuentwickelnden App weiss man jederzeit, wo wir uns hinbewegen, wen wir treffen und was uns beschäftigt, denn schliesslich haben Handys äusserst sensible Mikrophone und tolle, hochauflösende Videolinsen, welche sich bei Bedarf leicht über ein Hintertürchen jederzeit aktivieren lassen. Das können andere auch, nicht nur die Chinesen. Da freuen wir uns doch. Wir werden nie mehr allein sein oder unbemerkt bleiben. Toll! Endlich gönnt man uns die notwendige und wohlverdiente Aufmerksamkeit und Zuwendung, die wir uns so lange gewünscht haben.

Wem das alles zum persönlichen Wohlbefinden und Glück noch nicht reicht, der darf sich gerne impfen lassen – solange es noch freiwillig ist. Wenn er lange genug wartet, dann zählt er vielleicht zu den Glücklichen, die auf den Impfstoff in irgendeiner Weise allergisch reagieren. Ich weiss es nicht, aber womöglich macht der Stoff uns ja blöd, sodass wir nichts mehr von dem wahrnehmen, was sich um uns herum abspielt. Andere klagen über schmerzhafte Nebenwirkungen und sind auf diese Weise abgelenkt, in sich gekehrt und ganz auf ihr Leiden fokussiert. Egal! Hauptsache ist doch, wir sind glücklich und zufrieden und wähnen uns in einem sicheren Land, wo Milch und Honig im Überfluss fliessen.

Ich glaub, ich werde jetzt Schmid, mach einen auf Siegfried und kümmere mich darum, mir mein eigenes Schwert zu schmieden.

Virus ist keine Lebensform
– denn das Ding braucht einen Wirt

Jedes Jahr treibt es mich von neuem, quasi ein ‹lonely elder bikeboy›, in die weite Welt hinaus, schwer bepackt mit proppenvollen Satteltaschen vorne und hinten, einem Rucksack und einer Zelttasche auf dem Gepäckträger. Einverstanden! Zu viel Gewicht für mein metallblaufarbenes Langstreckenbike, zumindest dann, wenn die Tour zuweilen über Stock und Stein führt. Und das war in der Vergangenheit keine Seltenheit.

Für dieses Jahr plante ich einen herausforderungsvollen Ritt nach Irland, wo ich der weitläufigen Küste auf verschlungenen Pfaden entlang zu radeln mir vorgenommen hatte. Diese Tour plante ich im Frühsommer anzugehen. Doch dem bereitete Corona alsbald ein jähes Ende. Meine Enttäuschung war gross und der Ärger färbte meinen Enthusiasmus schwarz. An eine detaillierte Ausarbeitung der Tour war nicht zu denken, da keiner wusste, wie lange das dämliche Virus seinen Veitstanz zu praktizieren gedachte. Zudem herrschte ein wildes Durcheinander darüber, wann und wo die Grenzen offen wären.

Virus, das sei keine Lebensform, liess ich mich anlässlich einer medizinischen Dokumentation zum Dauerbrenner Covid-19 belehren. Viren bräuchten immer einen Wirt. Da ich blind auf die Erkenntnisse der Psychologie und Medizin baute, wuchs in mir die Überzeugung, dass diese Parasiten unmöglich freiwillig darauf aus sein konnten, ihren sie nährenden Wirt zu töten. Langer Rede kurzer Sinn, ich weigerte mich, gänzlich auf eine Radtour zu verzichten und wählte eine Alternativroute ins angrenzende Ausland. Ungeachtet der durchaus realen Gefahr, dass ich alsbald auch zu den Gastgebern des Virus zählen könnte, plante ich, von St. Moritz aus dem Inn und der Donau entlang zu fahren.

Das sollte sich bald als persönlicher Fehler herausstellen. Doch die Tour war abgesteckt, und zum geplanten Starttermin legte ich nach einer hart durchfrorenen Engadiner Zeltnacht, aber dennoch bestens gelaunt, vom Silvaplanersee aus los.

Bis Landeck verlief alles wie geplant, abgesehen von den üblichen Fahrstrapazen, die diese etwas beschwerliche Fortbewegungsart mit sich brachte, besonders dann, wenn es mit dreissig Kilo Gepäck galt, sich den Berg hochzuarbeiten. Kurz nach Landeck fingen die Probleme an. Die Angst hockte mir gleichsam hinten auf, wie man so treffend sagt, und umklammerte mich wie ein Affe. Das hatte fatale Folgen. Der Pneudruck war dem unangemessenen Gewicht dieses ungebeten dazugestossenen Gastes nicht gewachsen, und ich spürte, wie Mann und Rad mit Sack und Pack auf dem reichlich gekiesten Dammweg entlang dem Inn zu schlingern begannen. Ein prüfender Blick aufs Hinterrad bestätigte, was meine angstvolle Erwartung schon längst in Rechnung gezogen hatte: Ich hatte kaum mehr Luft im Reifen. Dieser leidige Umstand zwang mich, abzusteigen, was meinen mir widerwärtigen Gast höchlich zu stören schien, biss er mir doch verschiedentlich fledermausgleich ins Genick.

Bei diesem Beissen stiegen in meiner Erinnerung sofort die grausigen Bilder von Stapeln von Särgen auf. Es waren apokalyptische Darstellungen von Kühlhallen und Kühltransporten, die man dazu verwendete, die Zeit zu überbrücken, die es benötigte, bis im Krematorium Platz sein würde, die Feuer ihre Arbeit tun zu lassen. Die vielen verblassten Leben mussten aufgelöst und an die Unendlichkeit zurückzugeben werden. Bei diesen Vorstellungen hatte sich meine Angst, infiziert zu werden, mit einer gewissen Mutlosigkeit verbrüdert.

Unmutig und gehetzt demontierte ich die Fahrradpumpe von der Querstange und sah mich im Geiste luftlos am Inn auf einem schier endlos sich beidseitig dahinstreckenden Dammweg kentern. Ich hörte, wie der Affe auf dem Rücken leicht hysterisch kicherte, was mich antrieb, den Schlauch meines Hinterrads schnell wieder aufzupumpen. Schlauch und Pneu seien für einen Druck bis zu sechs Bar gerüstet, hatte mich ein Velomechaniker im Vorfeld der Tour instruiert. Er und ich hatten die Rechnung ohne meinen Gast gemacht – (der Wirt war in dem Fall ja ich). Denn offensichtlich versuchte der kleine Dracula auf der Schulter, alles dagegen zu unternehmen, mir die Reise gründlich zu vermasseln. Als ich die Pumpe vorsichtig vom Ventil löste, zischte es mächtig und das blöde Ding ward vom Überdruck auf nimmer Wiedersehen ins nicht mehr Auffindbare des weitläufigen Dammes verblasen worden.

Diesmal hatte ich die Rechnung tatsächlich ohne den Wirt gemacht, denn ein freundlicher junger Mann, der gemütlich auf seinem Rad daherfahrend meinen Weg kreuzte und das Dilemma schnell erkannte, verfügte glücklicherweise über ein passendes Ersatzventil. Hilfsbereit drehte er es ein und setzte den Schlauch mit meiner kleinen, unhandlichen Luftpumpe erneut unter Druck. Ich sei etwas zu schwer bepackt, lautete sein fachmännischer Kommentar. Da gab ich ihm Recht.

Dasselbe sei ihm bei den ersten Malen auch passiert. Das seien Anfangsfehler, aus denen jeder lernen müsse. Mit der Zeit entwickle man ein gesundes Gefühl dafür, was für die Reise an Gepäck unabdingbar sei und worauf man billig verzichten könne. Ich hörte mir das geduldig an, um ja nicht unhöflich zu scheinen. Wenn der hilfsbereite Mann doch nur **gesehen** hätte, dachte ich insgeheim bei mir. Konnte er denn wirklich nicht erkennen, wen oder was ich da im Schlepptau auf meinem Rücken mit mir führte? Wie ist man in der Lage, so fragte ich mich, mit der Angst im Nacken erfolgreich Fahrrad zu fahren. Je nach Lust und Laune, Umstand und Gelegenheit wog sie mal mehr, mal weniger. Und die Konsequenzen davon, eine Panne, hatte ich eben glücklich überstanden.

Drei Tage und viele Kilometer später drohte ich in ein übles Gewitter hineinzufahren, und weit und breit bot sich dem suchenden Blick keine Möglichkeit zu einem sicheren und trockenen Unterschlupf. Das verlieh dem blutrünstigen Fledermausding auf der Schulter abermals Auftrieb, so dass es diesmal drei gebrochene Speichen am Hinterrad waren, die mir den Puls in die Höhe trieben. Und wieder vernahm ich das hysterische Lachen meines immer noch ungebetenen Gastes. Doch dieses Mal blieb ich unerwarteterweise gefasst. Man lernt dazu. Und deshalb war ich entschlossen, nicht klein beizugeben.

Wie durch ein Wunder löste der scharfe Wind, getrieben von Thors heftigem Hammerschlag, die dunkle Gewitterwand vor mir auf, zerschlug gleichzeitig in meinem Kopf die existenzbeängstigenden Vorstellungen und erlaubte mir mittelfristig, unbeschadet die Tour als mein eigener Wirt und Gast zu beenden. Ich öffnete die Augen und sah zum aufgeklärten Himmel hoch und begriff: «Du bist weder Virus noch Wirt, denn du verfügst durchaus über eine distinguierte Lebensform und den eigenen Willen, deine Angst zu besiegen.» Damit legte ich die Grundlagen dafür, eine genussreiche und erholsame Reststrecke abzustrampeln.

Du musst dein Leben ändern!

Geht es uns heute nicht gleich jenen, die verständnislos und verloren vor dem Torso des Apollos stehen? Man ahnt das Ganze, sieht aber nur Teile davon und versucht das Fehlende im Geiste, gleich einem Lückentext, zu vervollständigen.

Doch ich fürchte, es geht bei uns modernen Menschen noch um weit mehr als nur darum, fehlende Teile zu suchen, um zu puzzeln. Für gewöhnlich beschäftigen wir uns nur plakativ, will sagen, oberflächlich mit den unserem Dasein zugrunde liegenden wesentlichen Fragen. Die dionysische Schau gemäss dem heraklitischen Weltbild taxiert das Innere des Daseins als Werden und Vergehen ohne Sinn und Form. «Schwer zu ertragen», das dachte wohl auch jener alte Waldgott, der sinngemäss riet, das Beste für den Menschen sei es, nicht geboren zu werden, das Zweitbeste aber, möglichst schnell zu sterben. Das apollinische Prinzip des Sokratismus hingegen sucht sein Heil in der Vernunft und Erkenntnis, welche uns vor dem Wahnsinn des haltlos Offenen der dionysischen Erkenntnis bewahren soll.

Beide Prinzipien für sich genommen sind unfertig. In die Gänze und Vollkommenheit gelangen sie erst nach ihrer Zusammenführung. Aber auch das ist ziemlich anforderungsreich. Das Antipodische ihrer Stosskräfte müssen wir in uns zu vereinen versuchen, damit es uns womöglich gelingt, ihrem geheimnisvollen Wirken auf die Spur zu kommen.

Ein paar Etagen tiefer in der Nabelschau stellen sich uns ähnliche Konstellationen hinsichtlich der Informationspolitik zu Covid-19. Die psychologische Schau ist die Perspektive der Schwäche, der Angst im ewigen Kampf des Lebens ums Überleben vor dem Hintergrund eines angeblich tödlichen Virus. Paradoxerweise empfinden wir Heutigen den möglichen Verlust des rein materiellen Überlebens als weit dramatischer im Vergleich zu den alten Griechen, welche diese schale Form des Materialismus in essentiell existenziellen Fragen nie zugelassen hätten.

Die Perspektive der Regierenden ist jene der Manipulation, welche den Obrigkeitsgläubigen einreden will, dass mit Abstand, Hygiene, Masken und Almosen das Unheil einstweilen vor der Ausweglosigkeit zum Untergang abgewendet werden kann. Man beruhigt uns und sagt: Ihr werdet nicht alles verlieren, denn wir unterstützen euch finanziell so gut es uns möglich ist. Und auch eure Gesundheit liegt uns sehr am Herzen, darum sind wir im Begriff, sie zu schützen durch die schnelle Entwicklung und Erprobung eines geeigneten Impfstoffs. Mein Vater gab zu solchen Gelegenheiten immer den gleichen Spruch zum Besten: «Trau schau wem». Er hatte recht, Repression funktioniert auch heutzutage noch ausgezeichnet über den Weg der Angstmache.

Die Dualität des klassisch griechischen, dionysisch-apollinischen geprägten Kosmos verfällt in der Moderne des 21. Jahrhunderts lediglich noch zu einem schlampigen, aber trickreichen Informationsmanöver. Wie wollen wir Zuschauer der Tragödie aus dem unfertigen Körper eine Ganzheit rekonstruieren, wenn uns dabei die eine Seite der Dualität, die dionysische Wahrheit, fehlt. Sind wir Bewohner der aufgeklärtesten aller Welten noch bereit dazu, so etwas wie die Unberechenbarkeit, das Chaos und den Wahnsinn zuzulassen? Wohl kaum, angesichts des Dranges, uns gegen alles und jedes zu versichern. Wir fühlen uns erst sicher, wenn wir glauben, unser Leben im Vollgriff zu haben. Angesichts der Pandemie kommt uns diese gesicherte Verwaltungsform abhanden. Darum kommt die Angst hoch.

Kreativität, Phantasie, Intuition und Bildung sind zwar erwünschte Talente, aber nur im künstlerischen Umfeld, nicht beim homo politicus. Und bei Künstlern duldet man es, weil man immer noch die Möglichkeiten besitzt, sie über materielle Repression zu steuern; man macht ihnen klar, dass ihnen die Anerkennung, der Ruhm, das Ansehen und das täglich Brot gewiss sind, solange sie ihrerseits nicht vergessen, durch wen sie sich diese Privilegien ‹verdient› haben. Dieselben Mechanismen funktionieren also auch bei Kunstschaffenden. Bleibt zu hoffen, die Ausnahme bestätigt die Regel.

Angesichts und im Wissen um den dunklen Urgrund des Daseins bräuchte uns die Angst vor dem pandemischen Ausgelöschtwerden aber nicht weiter zu plagen. Und komplementär dazu wäre uns dienlich, die apollinischen Kräfte *des Lichts, der Heilung, der Ordnung, der sittlichen Reinheit und Mässigung, der Weissagung und der Künste* (in Anlehnung an die Quelle aus Wikipedia), die uns schützen, zu schätzen und zu würdigen. Sie sind es, die uns Sicherheit schenken.

Vielleicht wäre es dies jetzt der passende Zeitpunkt, wieder einmal eine griechische Tragödie zu lesen, um ein Vorbild für sinnstiftende Lebensgestaltung vor dem Hintergrund von Wahnsinn und Dasein zu erlangen. Etwas mehr Rückgrat könnte uns bestimmt nicht schaden. Das kann aber jeder nur für sich allein entscheiden, welches Mass an Sicherheit er für das Bestreiten seines Daseins benötigt. Sicherheit ist gut, aber mindestens so wichtig ist Vertrauen: das Vertrauen in uns selbst und in ein Wissen, in das wir als religiöse (hier nicht zu verwechseln mit christliche) Menschen eingeweiht sind.

Wissen wir denn bei der Fülle der Informationen zum weltweit sich verbreitenden Virus, wie harmlos oder gefährlich das Ding nun wirklich ist? Nein: Je grösser die Informationsblase, desto unüberschaubarer wird deren Deutung. Das braucht uns aber weiter nicht zu bedrücken, wichtig ist doch nur, dass wir selbst in uns eine Haltung finden, die uns würdevoll und vermummungslos leben lässt. Angst ist dabei ein schlechter Führer.

Glücklicherweise lässt sich aber auch mit dem Unvollkommenen gut leben. Denn in einer Welt, welche uns in Hülle und Fülle rekonstruierte und nachgeahmte Bilder der natürlichen Ganzheit bietet, gewinnt ein Torso als Vertreter des dinglich Fragmentarischen einen wesentlich höheren Stellenwert, wie uns Rainer M. Rilke in seinem Gedicht «Archaischer Torso des Apollo» nahelegt. Das Unvollkommene aus Herausforderung vermöchte uns sogar helfen. Von den Teilen, die fehlen, geht eine weit intensivere Aussagekraft aus, «denn da ist keine Stelle, die dich nicht sieht,» trotz des fehlenden Kopfs mit den Augen. Und die Gewichtung kippt, denn aus Sicht des Torsos formiert sich unerwartet die alles bedeutende persönliche Aufforderung: «Du musst dein Leben ändern.»

Ist der Teufel nahe, sind es die Ratten auch

Wie wir aus alten Schrift-Quellen hinlänglich wissen, hat uns der Teufel seit jeher in vielen Gestalten im Visier. Sein Vorgehen ist dabei stets dasselbe, er braucht Verträge, in denen wir ihm für die Erfüllung unserer Wünsche die Seele verkaufen, denn Teufelsverträge unterschreibt man immer mit Blut. Seid darum gewarnt, zu Zeiten von Pandemien, Angstmache und Freiheitsbeschränkungen ist er besonders aktiv – und ist der Teufel nahe, sind es die Ratten auch. Was mir dabei Sorgen bereitet: «Die Ratten springen bekanntlich immer zuletzt vom Deck des sinkenden Schiffs.»

Über die Jahrhunderte hinweg hat man vergeblich versucht, ihn von dieser Welt zurück in die Unterwelt zu verbannen. Jeder Exorzismus wurde leider immer nur an seinem Wirt und nie an ihm selbst betrieben. Vielleicht war das ja gewollt, denn eine Welt ohne ihn wäre viel zu gut und währte dank ihrer Paradiesesaffinität wohl ewiglich. Wir wüssten mit der Zeit nichts mehr anzufangen und die Langeweile triebe uns sinnlos um.

Aus nüchterner Warte, unvoreingenommen betrachtet, besteht hierzu aber keine Veranlassung, denn solange es Geld, Gold, Gier und Geiz gibt, folgen Falschheit, Trug und Hinterlist auf dem Fusse, und das Spiel der Illusionen kann von neuem beginnen.

Um die Zahl der Besessenen und Verblendeten im Zügel zu halten, erfand man die Psychoanalyse. Sie ist das moderne Pendant zum herkömmlichen Exorzismus.

Kräuter, Salben und komplexe Chemotherapien sind flankierende Massnahmen dieser *Neo-Therapie*. Derselbe Kampf also, aber ebenso wirkungslos wie die Vorgängermethoden. Macht- und Grössenwahn sind nicht behandelbar, darin sind sich die Ärzte des *Neoliberalismus* einig. Doch ist ihnen zu trauen, schliesslich kamen vielleicht auch sie im Gefolge des pferdehufigen Gehörnten zu Ruhm und fanden Gehör.

Ob Teufel, Banker oder Grossindustrieller, die Ziele und das, was sie von dir wollen, sind immer dieselben: Sie geben dir leere Versprechungen, lassen dich Verträge unterschreiben und instrumentalisieren dich durch Versklavung für ihre Zwecke. Wirst du opportun, innovativ oder weigerst dich, dann gibt es die Peitsche. Und wehe, du kannst deine Schulden nicht mehr bezahlen. Das geht dann gar nicht. Dann kommen die wahren Werte zu tragen; sie schnippen eben mal kurz mit den Fingern und du zerfällst wieder zu Sternenstaub. Denn wir, die blökende und meckernde Herde auf den Wiesen der Demokratien, sind zwar zahlreich, aber dennoch nur dummes, eingezäuntes Vieh, nach Schweiss riechendes Fussvolk und in ihren schwefligen Augen jederzeit austauschbar.

Auch der Vorgang der Machtausübung ist meist derselbe; sie blenden uns mit Blattgold, bis wir von ihrer Gier infiziert sind und mit blutigen Gaumen an der Angel ihrer Rute zappeln. Und wisst, sie gehören zu den Anglern, die jeden Fisch an Land ziehen, möge er noch so klein sein. Unsere Arbeit in ihren heiligen Hallen der Produktivität, wo wir für sie im Akkord die kostbare

Hehlerware herstellen und weiterverarbeiten, vergelten sie uns mit Falschgeld (meine Interpretation für Fiat-Geld). Was wir zum Leben benötigen, das verkaufen sie uns nach der Arbeit überteuert in den Tempeln ihrer Warenhäuser. Und wachen wir eines Tages auf und sind zu alt zur Arbeit, dann verhungern wir, weil ihr Geiz es nicht zulässt, uns auf Dauer unproduktiv am Leben zu lassen. Bringt nichts mehr und kostet nur.

Fazit: Ist der Teufel nahe, sind es die Ratten auch und mit ihnen die grossen Krankheiten wie die Pest, die spanische Grippe und andere mehr. Sein weiteres Umfeld ist atmosphärisch erfüllt von Angst, Krankheit, Schmerz und Leid; seine Tage verkehren sich zu unserer Nacht; Niedertracht jeglichen Couleurs, Mord, Totschlag, Raub und Geschrei erfüllen die Strassen und Gassen. Und all die zahllosen Ungerechtigkeiten lösen sich im nebligem Schwefelgedünst auf. Jene Unglücklichen, die ihm zu nahekommen, werden siech und sterben. Im Fernsehen predigt man zwischenzeitlich Hygiene und Abstand und singt wohlwollende Lieder, damit wir besser einschlafen. Ach, wie sehr wir doch an das Gute glauben möchten. Aber selbst unser Schlaf ist nicht erholsam. Die schrecklichen Träume, sie verfolgen uns auch in der Nacht.

Es ist unser Glück, dass sich der Teufel öfters mal Ruhe gönnt und seine Drecksarbeit an andere, weniger Talentierte, delegiert. Das stimmt mich zuversichtlich, denn deren Texte sind uns vertrauter und ihre Ränke schneller durchschaubar. Dies sollte uns vorsichtiger machen und unser Misstrauen schüren.

Ob unmusikalische Dienstleister, Posaune und Spuke blasende Politiker, Klarinette dudelnde Wissenschaftler, Harfen zupfende Anwälte, Flöten blasende Ärzte, Pauken schlagende Militärs – oder die übelsten unter ihnen, die ‹Ratten› – deren Gefolgsleute, sie alle strengten sich an. Aber vergeblich. Man merkt es, wenigsten in unseren Tagträumen wohnt noch etwas Hoffnung und Zuversicht.

Dies alles mag sich überholt und maniert anhören, mag durchaus zutreffen, aber jeder Traum geht mal zu Ende, auch der schlechteste Alptraum. Und wäre ich dann ein Sänger, dann schriebe ich nach dem Erwachen schnell ein neues Lied. Versprochen!

Im Jahr 2020, das der Mensch überlebt hat

Es kommt vor, dass ich an manchen Tagen in meinem alten Fundus an Langspielplatten und CD's herumstöbere. Das erinnert mich an die Tage, als ich früher, ein angehender Diskjockey, im lokalen Jugendtreff Platten auflegte. Bei diesem Stöbern fiel mir eine uralte Single in die Hände, zu der ich im Folgenden hier einige Gedanken aufzeichne, die meines Erachtens bestens in diese von aggressiven Viren geschüttelte Zeit passt.

Im bekannten Song ‹In the year 2525›, (von Zager and Evans, 1968 aufgenommen) wird in Zweifel gestellt, ob der Mensch bis zu selbigem Jahr überlebt haben wird. Das darf man, so überlege ich, durchaus in Rechnung ziehen, angesichts der vielen Umweltprobleme, mit denen wir heute zu kämpfen haben. Und 504 Jahre sind eine lange Zeit, wo noch viel geschehen kann, was gegen das Überleben der Menschheit spricht.

Um für 2021 vorherzusagen, dass wir das ‹Corona-Jahr› heil überstehen werden, braucht man kein grosser Prophet zu sein. Dasselbe für das Jahr 2022 vorherzusehen ist vielleicht etwas waghalsig, darum halte ich mich besser an den Songtext, wo in zeitlich grosszügigeren Dimensionen gedacht wird. Zager und Evans sehen für 3535 erstmals eine entscheidende Wende hin zum Untergang des Menschen. Der prophetische Song sieht für 3535 die freiwillige oder obligatorische Einnahme einer Pille voraus, welche alles beinhaltet, was ein Mensch an Gedanken braucht und an Worten zu sagen hat. Und das ist, beiläufig ergänzt, nicht viel. Womöglich kam ja die Umstellung auf Pillen zum Erzielen einer ausgewogenen Ernährung schon Jahre früher, keine Ahnung, der Song schweigt sich darüber leider aus.

Man versteht es, wie verlockend es erscheint, gegen Corona einen Impfstoff zu entwickeln, der Ähnliches oder gar Besseres vermag als jene Pillen aus der Zukunft. Ist es für die Regierungen dieser Welt nicht unangenehm, ja geradezu lästig, Untertanen zu betreuen, die über ein individuelles Empfindungsvermögen, eigene Gedanken und freie Willensäusserungen verfügen? Wesentlich handlicher wäre es doch, eine Herde willenloser Schafe vor sich hinzutreiben. Man könnte sich beispielsweise den kostspieligen Polizeiapparat ersparen und ihn durch einen einfachen Weidezaun ersetzen, der unter Strom gesetzt wird. Auch das Ernährungsproblem möchte damit gelöst sein. Man sieht, etwas klassische Konditionierung und schon herrscht Frieden im Stall. Das ist in etwa genau so zynisch wie die Umstände, die im Song beschrieben werden.

Für die weitere Interpretation des 68er-Hits löse ich mich jetzt von den Jahreszahlen und konzentriere mich ganz auf die inhaltlichen Werte wie Zähne, Augen, Beine und Arme, die überflüssig werden, wenn Maschinen die damit verbundenen Funktionen für uns übernehmen. Zieht man uns die Zähne, bietet das die Möglichkeit, uns auf billigere Flüssignahrung umzustellen. Man stelle sich vor, wie viel Zeit durch die Umstellung für die Lebensmittelproduktion zu sparen ist. Und hängen wir dann schliesslich und endlich am Tropf, dann versteht sich von selbst, dass billig auf Augen, Beine, Arme und anderes mehr verzichten werden kann. Es gilt ja nichts zu finden, was man braucht, und da ist keine Beute, die erjagt werden müsste, Instinkte sind nicht länger überlebensnotwendig, und auch Messer und Gabel sind bei künstlicher Ernährung durch den Schlauch überflüssig.

Aber es kommt noch besser. Man braucht nicht mehr zu flirten, Sex ist durch die Pille ohnehin kein Thema mehr, kann man virtuell haben, und die Nachkommenschaft und das Überleben der Menschheit übernehmen KI-gesteuerte Laborroboter.

Da nähern wir uns gemäss Songtext dann einer unbenannten Timeline, und es sei wünschenswert, dass unser Schöpfer auf den Plan trete. Er möge, als Deus ex machina, entscheiden, ob auf der Erde sich alles nach seinem Plan entwickelt oder ob da die eine und andere Entscheidung aus billigen Gründen in eine abweichende Richtung führte. Sein oder nicht Sein? Eine wirklich nur dem wahren Schöpfer angemessene, verantwortungsschwere Frage. Weshalb zaudern: auf zum Jüngsten Gericht! Dennoch bedenkenswert, dass zum Schluss immer der Ruf nach Gott laut wird. Zuerst verbreitet man Abhandlungen darüber, dass Gott tot sei, und dann kippt man wieder ins Gegenteil um. Dies zum Thema menschliche Autonomie und Selbstverantwortung.

Auf zum Jüngsten Gericht? Geht mir zu schnell, über wen soll denn überhaupt gerichtet werden? Diese willenlosen Schafe hatten doch gar keine Wahl, sind also unschuldig? Und dennoch muss gerichtet werden, denn die Erde ist von allen kostbaren Ressourcen, die das Leben, die Gesellschaften und die Staaten einst umtrieben, wie leergefegt. Es ist wahrlich zum Heulen.

Da es zum Kriegführen keinen Anlass mehr gibt, kommt unser Schöpfer auf die glorreiche Idee, ein Wurmloch quer durch eine herrlich funkelnde Sternennacht zu öffnen. Dieser Tunnel führt direkt ins Jahr 2020 zurück. Dort bietet sich vor Ort allen die Gelegenheit, neu zu entscheiden. Man kann und darf sich, wie gewünscht, gegen die Einnahme der ehemals alles entscheidenden Pille stellen und unseren Machthabenden zum richtigen Zeitpunkt eine kräftige Abfuhr erteilen. Gott hat es eben im Griff. Er kennt seine Schöpfung wie kein anderer. Was er tut, hat Hände und Füsse.

Ein neuer Slogan wird uns von ihm auf die wiederbelebte Zunge gelegt: «Nie mehr Pillen. Schluckt sie selber, wenn sie euch so wichtig sind.» Auch unser Augenlicht kehrt zurück. Sie leuchten von neuem auf und vermögen nun deutlich zwischen Sein und Schein zu unterscheiden. Im rechten Lichte betrachtet wird sofort allen klar, was zu tun bleibt: «Lasst uns unsere Beine bewegen und trittfest vor den vergoldeten Palästen der fehlgeleiteten Obrigkeiten Aufstellung nehmen.» Mit wiedererstarkten Armen starten wir die längst fällige Palastrevolution und pferchen Ersatzes halber unsere einstigen Hirten auf den frei gewordenen Weiden ein.

Aber ja! Eine tolle Vision, die das One-Hit-Wunder ‹In the year 2525› uns da beschert hat.

Leben auf dem falschen Planeten

KI, künstliche Intelligenz, hat was mit Nachahmung zu schaffen, mit etwas zutiefst Kindlichem und Urmenschlichem. So sicher junge Menschen Hoffnungsträger und Wegweiser für eine neue Zukunft sind, drängt sich erlaubterweise doch die Frage auf, eine wie geartete Zukunft sich in der Weiterentwicklung von KI offenbaren wird. Ob es sich im Bezug auf die Hoffnung um dasselbe Zukunftsding handelt, ist aus meiner Sicht zu bezweifeln.

Menschen entwickeln sich psychologisch gesehen in gänzlicher Abhängigkeit von inneren Anlagen und externen Einflüssen. Die Dynamik entsteht dabei wesentlich aus dem Einsatz von verfügbaren inneren Ressourcen (man nennt das im Fachjargon Resilienz, jene Kraft, welche ein Mensch den Widrigkeiten der Umwelt und seinen inneren Geistern entgegenzusetzen hat). In der Konfrontation zwischen Innerem und Äusserem vollzieht sich unsere persönliche Entwicklung hin zur Gesundung oder zum Tod. Komponenten dieses Kampfes sind Kriege, hohe Abgaswerte, vergiftetes Wasser, ein mehr und mehr aus dem Gleichgewicht fallendes Klima oder beispielsweise auch eine Coronapandemie mit all den damit verbundenen Ängsten.

KI ist ein Maschinending, ausgeklügelt von begabten Menschen, und codegenau durchprogrammiert. Interaktion, sofern man diesen Begriff dafür wählt, holt das Programm bestenfalls aus sich selber. Der Entwicklungsprozess von Menschen hat etwas Zufälliges und Evolutionäres an sich. Es lässt sich nicht unumschränkt kontrollieren. KI hingegen setzt bei den bisher entwickelten technischen Möglichkeiten an und richtet sich nach den Wünschen einer innovativen und dividendengeilen Industrie, die vornehmlich auf Kostenreduktion in der Produkteentwicklung und im Warenvertrieb fokussiert ist. Da stecken kaum evolutionäre Kräfte dahinter.

Zuerst ersetzten die Errungenschaften von KI in Form von Maschinen die Muskelkraft des Menschen, dann seine Physis; nach und nach ersetzt KI dann auch die geistigen Qualitäten von uns Menschen. Dabei steht nicht in Frage, ob sie das besser vermag wie wir Menschen. Sie kann es nur im vorprogrammierten Rahmen. Das aber nennt man weder Leben oder Realität, dabei handelt es sich lediglich um eine Versuchsanordnung. KI nimmt uns Entscheidungen ab und ackert sich mit rasender Geschwindigkeit durch komplexe Problemstellungen.

Das sind Vorzüge, die in der Marktwirtschaft oder im Bankenwesen, insbesondere aber an den Aktienmärkten, nicht zu unterschätzen sind, da es dort ausschliesslich um den Faktor Zeit geht. Mikrosekunden vermögen da über Gewinn oder Verlust von Milliarden entscheiden. Sie wird administrativ und planerisch in Marketing, Vertrieb und Management immer dominanter. Und dennoch, ich ruf es abermals in Erinnerung, KI ist nicht besser, sie ahmt uns nur etwas schneller nach.

Die Gefahr, die mit KI heraufbeschworen wird, besteht darin, dass der immense Produktionsüberschuss und der damit verbundene masslose Ressourcenverschleiss weiter anwachsen wird. Ich sehe da riesige Potentiale auf uns zukommen, Geld zu verdienen mit der Weitervermarktung von Überschussware. Weiterverkaufen wäre dem Entsorgen im grossen Stil wenigstens vorzuziehen. Während man bei vielen jungen, noch in der Entwicklung stehenden Menschen, unfähig ist, ihre und die Zukunft unserer Gesellschaft vorauszusehen, ist das im Feld der KI schlicht offensichtlich.

Uns erwartet eine Welt, wo Ressourcen knapp und der Kampf darum umso verbissener geführt werden wird. Wasser wird an der Börse gehandelt und von Coca Cola in vielfältigen Variationen verkauft. Unter dem Aspekt der zeitsparenden Planungs-, Produktions- und Vermarktungspotentialen liegen die Vorteile klar auf Seiten der KI, so dass sich abzeichnet, dass viele Menschen in naher Zukunft keine Arbeit mehr finden werden. Maschinen sind da wesentlich kostensparender und wartungsarmer. Wir werden dafür herausgefordert, in die sinnvolle Gestaltung unserer vielen Freizeit zu investieren. Die Finanzierung des Lebensunterhalts muss dann neu geregelt werden. Damit, so könnte man optimistisch erwarten, wird das darwinistische Prinzip des Überlebenskampfes um jeden Preis, ausgedient haben. Wird es das?

Da es uns Menschen als Bauern, Handwerker, Planer und Techniker, um nur einige der traditionellsten Berufsbereiche zu nennen, nicht mehr braucht, fragt man sich umgehend, wozu wir dann noch nützen.

Falsche Frage, würde ich hier mal schüchtern einwenden. Es stimmt vieles schon vorher nicht, wenn wir uns ausschliesslich über die Arbeit definieren. Die Arbeitsform, welche die meisten von uns verfolgen, ist die Lohnsklaverei. Dass wir uns dazu erniedrigen lassen, liegt an den rahmenlosen Machtansprüchen der Besitzenden, die uns etwas von ihrem Überfluss abgeben, wenn wir bereit sind, für sie zu arbeiten.

Ist KI somit das Ende der Lohnsklaverei und des Oligarchats, oder liegt in der zu erwartenden Etablierung von Grundeinkommen etwa die künftige Alternative zur neuen Versklavung verborgen.

Wie käme man dazu, uns Geld zu schenken? Wir sind doch im Arbeitsprozess überflüssig. Man könnte uns wegrationalisieren. Und wer kommt schlussendlich für dieses Grundversorgungsgeschenk auf? Vermutlich die Behörden, deren künftige Aufgabe darin besteht, im Namen der Herren und Schöpfer unseres Überflusses, für eine gerechte Verteilung der Almosen zu sorgen. Überleben um jeden Preis? Na ich weiss nicht. Vermutlich ist es an der Zeit, dass wir uns gegenseitig die Wangen kneifen, endlich erwachen und neue Strategien entwickeln. Oder habe ich etwas Wichtiges übersehen? Denn der skizzierte Plan kling irgendwie künstlich und verkorkst.

Erscheint nur mir diese Vision nutzlos und menschenunwürdig? An der Stelle wäre eine günstige Gelegenheit, die Geschichte wieder umzukehren. Beginnen wir damit, dass wir selber KI spielen und loslegen, das Leben unserer Vorfahren nachzuahmen. Im Nachahmen sind wir hervorragend. Gott selbst hat uns diese Gabe in die Wiege gelegt, indem er uns nach seinem Ebenbild schuf. Lasst uns Schaufeln, Hacken, Spaten und Rechen packen. Mit eigener Muskel- und Geisteskraft sind wir abermals willens, schweissgebadet für unser täglich Brot mühsam zu arbeiten. Die Zukunft kann warten.

Aber warum nur so negativ über ihn reden? Fortschrittlich ist doch etwas immer nur im Hinblick auf eine Verbesserung der gegebenen Situation. Man müsste sich voranging fragen, ob sich unsere Gesellschaft in eine lohnenswerte Richtung entwickelt. Vorgreifend darf bemerkt werden, wohl kaum, wenn genau diese Richtung eine menschenunwürdige Zukunft voraussagt.

Vielleicht täusche ich mich ja, zum Teufel, hoffentlich auch. Was wenn uns die Ressourcen, Öl, Gas, Metalle und vieles mehr schneller denn erwartet ausgehen? Kein Problem? Warum nicht – weil es dann eine Mars-Spacecraft gibt, welche vor dem Lockdown vorsorglich einige nach dem Arche-Prinzip Auserwählte zum roten Planeten hinauf bringt? Ehrlich, wenn sich das menschenwürdiger anhört, dann lebe ich am falschen Ort.

Für mich sprengt KI nicht die Grenzen der menschlichen Intelligenz, sondern zeigt, wie hilflos und unnütz der Begriff sich in Wirklichkeit ausnimmt. Sich die eigenen Lebensgrundlagen zu entziehen, mag zwar markttechnisch betrachtet, effizient und kostensparend sein, ist im Kern aber dumm, und kann gewiss nur von Menschen verfolgt werden, die das letzte Restchen an Bodenhaftung und Realitätssinn bereits in der virtuellen Realität verloren haben.

‹Aquarius› – eine fade Botschaft trachtet nach einem starken Ende

An den Spielen 2020 in Japan sollte Surfen zum ersten Mal als olympische Disziplin durchgeführt werden. Die Coronapandemie hat dies bekannterweise vereitelt und hangelt sich seinerseits nun kunstvoll surfend von einer Mainstream-Welle zur nächsten und übernächsten Katastrophen-Welle. Aber keine Bange, wir leben im Zeitalter des Wassermanns, da gehören solche Hiobsbotschaften mit dazu. Wellenreiten scheint mir da die passende Fortbewegungsart für derart unruhige, durch Ebbe und Flut gezeichnete Zeiten zu sein. «Aquarius, Aquarius», refrainartig, wie ein Mantra, verbreitete das Musical ‹Hair› schon 1968 äusserst erfolgreich – quasi ein musikalischer Superspreader – die Botschaft von den neuen, hoffnungsweckenden Qualitäten des aufsteigenden Äons. Nur wenige Musicals wurden so oft aufgeführt wie ‹Hair›.

Harmonie und gegenseitiges Verständnis verspricht uns die Spiritualität des Wassermann-Zeitalters, die geprägt wird durch die Planeten Uranus, Neptun und Pluto. Das zu glauben fällt, zumindest mir, zurzeit noch schwer. Aber ja, das neue Zeitalter, bei einer Lebenserwartung von zweitausend Jahren, ist jung und hat noch zwei Jahrtausende Zeit, sich zu entwickeln und seine mystischen Kräfte zu entfalten. Und wie wir alle inzwischen wissen, kennt jede Infektion ihre ganz spezifische Inkubationszeit. Ich bin mir da sicher, die Veränderung wird stattfinden – der Wellen folgen noch viele. Es lebe der Surfer!

Sympathie und Vertrauen im Überfluss zählen zu den Haupterregern des verheissenen Zeitalters. Das zumindest wird uns im Song «Aquarius, Aquarius» eingeredet. Bedauerlicherweise sind aber auch in dieser Hinsicht nachvollziehbare Zweifel angebracht. Doch halt! Warum so pessimistisch? Nicht so vorschnell, denn nebst der Inkubationszeit gibt es schliesslich so etwas wie Viren-Resistenz. Vermutlich sind bisher genau nur diese Resistenten infiziert worden. Da kann sich ja nichts verbreiten. Vermutlich gibt es von der Spezies der Resistenten mehr, als man ahnt. Vielleicht liegt es nur an der unglaublichen Distanz, welche die Gesund-Strahlen der Sterne und Planeten zur Erde zurücklegen. Lichtjahre, man stelle sich vor. Das dauert, unser Einswerden mit dem planetarischen Universum muss noch etwas warten. Daran führt wohl kein Weg vorbei. Ich kenne auch keinen, der einer Abkürzung kundig ist.

Auf dann! Machen wir es den Surfern gleich. Lasst uns geduldig auf die eine kosmische Welle warten, und werden wir zwischenzeitlich ‹Bee Gees› und ‹Beach Boys› Follower. Man prophezeit uns, dass es sich lohne, dass wir durch sie, die kosmische Welle, von allen Unwahrheiten gereinigt und uns goldige Visionen einer neuen Gesellschaft eingeimpft werden. Dieser kosmischen Impfwelle, frei von pharmazeutisch-merkantilen Interessen, würden wir trauen und erwartungsfroh zum wilden Ritt in ein offenbarungsreiches Spiegellabyrinth aufspringen. Und so würden wir dann endlich befreit von der ‹wilden Bestie› Mensch. Zumindest unser ausdauernder Geist käme in den Genuss eines Bonus, der nicht nur erstrebenswert ist, sondern durch langes, anhaltendes Warten auch verdient wurde.

Ist mir alles dennoch kein Ansporn, denn die Welle lässt weiter auf sich warten, und das von endlosem Frieden und allumfassender Liebe geprägte Weltenrund muss sich noch etwas länger in sich selbst schaukeln und um sich drehen.

Man spürt es vielleicht, ich bin nun doch etwas ratlos und verspüre eine erste Enttäuschungswelle, die mich durchspült und ernstlich unterkühlt hat. Sind wir schamlos belogen worden? Gibt es diesen universellen Geist wirklich? Ich frage mich durch und konsultiere Experten – nicht nur einen. Die Resonanz ist gross, und das Meinungsbild fällt fast so euphorisch aus wie die gesungene Botschaft des Musicals selbst.

Der Kosmos, wer sonst, habe uns mit seinen elektromagnetischen Wellen fest im Griff. Jeder Planet verfüge über seine eigenen mystischen Kräfte. Dieser heilsame Strahlenmix beeinflusse uns direkt und indirekt. Wir würden davon atmend und essend durchdrungen. Es komme jetzt einzig und allein noch auf den Menschen an, wie er darauf reagiert. Positiverweise würde ihn die Wellenmetrik aus seinem Egozentrismus schleudern, was ihn öffnen werde für jegliche denkbare Form von Transfiguration.

Nur so nebenbei, ich mag sie ebenso wenig, diese Altarredner, wie ihre Verwandten, das Regierungsvolk. Und wenn man partout nach Strahlen und Wellen lechzt, dann empfehle ich den Kauf eines leistungsstarken Handys. So gelangen wir weit schneller ans Ziel. Und warum sollte man sich dann ernsthaft noch länger gegen das Aufstellen von 5G-Sendemasten wehren. Auch in diesem Feld gibt es kaum verlässliche Nachrichten über Nutzen oder Schaden dieser Strahlung für uns Menschen.

Einig sind sich die forschenden Kosmonauten des Alls einzig darin, dass der jetzige Mensch noch weit von seinem göttlichen Ziel der Entwicklung entfernt befindet. Das ist dann gleichsam die kosmisch begründete Entschuldigung dafür, dass die Welt noch sehr im Argen liegt und vornehmlich unter der Ungebildetheit, Bequemlichkeit, Gier und der persönlichen Habsucht vieler leidet. Hier gebe ich den Propheten von ‹Hair› anerkennend die Hand, unsere Spezies ist für das Paradies noch nicht entsprechend nachhaltig geschult worden.

Da gebe es also noch viel Potential und Raum nach oben hin, wird mir bedeutet. Hier helfe das herzreinigende Feuer des Uranus, die unser Denken reinigende und erhellende Wasserkraft des Neptuns sowie die Versorgung der dafür benötigten Kräfte durch Pluto. Jetzt mache ich mir wirklich ernsthaft Sorgen. Dies könnte doch nur geschehen, wenn sich die drei Planeten in einer günstigen Konstellation zueinander befänden.

«Aquarius, Aquarius», wie viele Wellen werden wir noch abwarten müssen, bis eine endlich stark genug sein wird, uns, hart im stürmischen Wind reitend, aus unserer Totenstarre zu wecken und gleichgewichtig zum Dasein transzendieren zu lassen. Ich bin mir bewusst, ich wiederhole mich refrainartig, wir haben noch Zeit, denn Poseidon hat seine Regentschaft eben erst angetreten, und selbst Rom ist nicht an einem Tag erbaut worden.

Schluss damit, wir sollten uns nicht länger mit Ausreden hinhalten und vertrösten. Wir wissen es besser. Wir vermögen aus eigenem Antrieb Visionen einer neuen Gesellschaftsordnung zu entwerfen. Dazu benötigt man weder kosmische noch irdische Impfstoffe. Dazu reicht ein warmes Herz, ein gesunder Verstand, etwas Verzicht und Gerechtigkeitssinn sowie ein Quäntchen Einfühlungsvermögen.

«Aquarius, Aquarius», am Ende steht es um die aquatische Frohe Botschaft doch gar nicht so schlecht. Die Hoffnung stirbt nämlich zuletzt. Eine fade Botschaft, die auf ein starkes Ende hoffen darf. Der Sound hingegen ist schon stark, wenn man mir erlaubt, dies salopp zum Abschluss anzuhängen.

Erinnerungen, Ankerpunkte
und Badespass mit Miragebeben

Es gibt die alten Zeiten im Sinne von ‹Altertum› oder ‹Ancien Régime› – sie existieren aber auch in uns allen, im sogenannt ‹episodischen Gedächtnis›. In dieser speziellen Hirnregion tummelt sich jede Menge autobiographisches Wissen, das beispielsweise dann aktiv wird, wenn wir an Geschichten aus früheren Lebensstadien erinnert werden. Darin integriert ist aber auch das Wissen um zurückliegende wichtige Ereignisse des kulturellen, politischen oder wirtschaftlichen Lebens als Teil unserer persönlichen Biografie.

Wenn ein älterer Mensch in der Zeit des Lockdowns im Frühling dieses Jahres einem jungen Menschen unerwartet von den Tagen zu erzählen beginnt, als es noch wenige Automobile und praktisch keine Raser gab, dann versucht man uns verständlich zu machen, dass die pandemiebedingten Sedierungen des öffentlichen Lebens nicht so einzigartig sind, wie das jüngere Menschen dünken mag – als Lockdown wohl einzigartig, nicht aber in der Gänze der damit stattfindenden Begleitumstände.

Persönliche Erinnerungen sind gewissermassen Ankerpunkte. In der vergleichenden Betrachtung vergangener Ereignisse mit ähnlichen Vorkommnissen aus der Gegenwart oder zu jedem anderen Zeitpunkt kann sich die Perspektive und damit auch die Interpretation eines Sachverhalts durchaus ändern. Wenn ich mich in meiner Jugend zum Beispiel gezwungen sah, die Nase zu rümpfen, weil es nach beissendem Benzindampf roch, den ein Auto in meiner Nase hinterließ, mir jüngere Menschen aber frank zu verstehen geben, dass sie Benzingeruch lieben, dann weist das auf eine eklatante Verschiebung der Erlebnisinterpretation hin, die konträrer nicht sein könnte.

Da, wo ich aufgewachsen bin, gibt es einen Militärflugplatz, dessen Startpiste vermutlich höchstens zwei bis drei Kilometer vor der Badeanstalt entfernt endete. Wenn während des Badevergnügens zwei französische Mirage-Jäger nebeneinander starteten (damals gab es noch keine Tiger), dann befanden sie sich auf der Höhe der Badeanstalt, geschätzt hundert bis zweihundert Meter über unseren Köpfen und veranstalteten einen höllischen Lärm, der in uns Jungen Begeisterungsschübe auslöste. Wir tauchten unsere Köpfe wie auf ein Kommando unter die Wasseroberfläche. Dann öffneten wir die Augen und staunten mit Blick nach oben ob dem Düsenspektakel, welches sich irgendwie mythisch anfühlte; als wenn da zwei feuerspeiende Drachen wütend über uns hinweg rauchten.

Ihr Lärm, den sie verbreiteten, brachte das Wasser zum Vibrieren und verursachte uns in der Tauchlage ein angenehmes Kitzeln am ganzen Körper. Die Geräusche der über uns hinweg pfeilenden Jäger klangen dumpf, als ob man ein eiskaltes, mit Kohlensäure versetztes Wasser in ein Glas giessen würde.

Jetzt, wo wir in einer Zeit leben, in der Militärflieger kaum mehr viel Sinn ergeben für ein Land wie die Schweiz; in einer Zeit, in der Kriege meist nur noch verdeckt und zur Sicherung von Ressourcen geführt werden, grenzt das für mich beinahe schon an eine betrübliche Aussicht, da ich mich zukünftig wohl nie mehr in die Tauchlage versenken darf, um dieses Körperprickeln bei einem Düsenjägerstart nochmals zu erleben. Das soll aber nicht falsch verstanden werden. Ich bin nicht enttäuscht, wenn die Schweiz keine neuen Flieger mehr anschaffen würde. Gleichwohl wäre ich positiv überrascht, wenn man dem Militär diesen Wunsch abschlagen würde. Hier ein Argument für ein Nein: Kleinen Kindern kauft man ja auch nicht jedes Spielzeug, das sie begehren. Gleichwohl – in der Schweiz wie fast in allen anderen Ländern auch, braucht man bloss mit Arbeitsplatzverlusten zu argumentieren, und schon schwenkt eine Abstimmungskampagne auf den Siegespfad über. Mit gezielter Angstmache gelingt bei der Bevölkerung fast alles. Leider.

Es gibt so vieles, an das ich mich während der unangenehmen Zeiten des Jahres der Pandemie zurückerinnere. Besonders eindrücklich präsentierte sich dies in Bezug auf die Öffentlichkeitsarbeit der Medien – ich kann mich leider nicht zurückerinnern, wann diese Verwandlung vom Informations- zum Propagandablatt stattgefunden hat. Ich sehe die Bilder der Tagesschau aus den Jahren 1972 bis 1975 zum Vietnamkrieg, als wäre es erst gestern gewesen. Sie schockierten mich damals als Kind und hinterliessen einen tiefen Eindruck in mir. Dies ist aber kaum zu vergleichen mit dem unsäglichen Grausen über aktuellere Bilder aus Wikileaks ‹Collateral Murder›. Da wird man Zeuge von der gezielten Tötung von Zivilpersonen und Kindern im Irakkrieg (zu finden unter dem

Link collateralmurder.wikileaks.org). Jeder sollte sich diese verbrecherischen Tötungsdelikte einmal anschauen, denn es braucht den Ekel und die Abscheu, um nicht zu vergessen, wer wir sind und wer wir sein könnten. Wir brauchten uns bloss für ein menschenwürdiges Leben zu entschieden. Was wir einem andern an Leid zufügen, tun wir uns selber an, denn wir Menschen sind eine grosse Familie. Moderne Kriege verfolgen immer denselben Plan: Der andere hat, was mir fehlt und ich begehre – also töte ich ihn, wenn ich die Mittel dazu habe.

Ich gehöre glücklicherweise zu den Menschen, die nie einen Krieg am eigenen Leib miterleben mussten. Aber ich habe gelernt zu verstehen, dass dies kein Verdienst des aufgeklärten Menschen ist. Kriege sind auch gegenwärtig noch möglich.

Heute, wo es sich auf der Weltbühne nur noch um Geld, Macht, Öl, Gas und Metalle dreht, haben sich die Kriegsgräuel entsprechend verändert. Man führt vornehmlich verdeckte Kriege. Man unternimmt dazu mediale Verleumdungskampagnen und entzweit Menschengruppen über die Religion, die Hautfarbe oder deren Herkunft und Vergangenheit, so dass global garantiert immer wieder grössere oder kleinere lokale Kriegsfunken auflodern, die dem Waffengeschäft zwar einträglich, der Menschenfamilie aber zutiefst abträglich sind. Man treibt Länder gezielt in den Bankrott oder findet Strategien – das Gerede um eine gefährliche Seuche etwa, die es politisch und wirtschaftlich, kulturell und gesundheitstechnisch ermöglicht, einen Stillstand zu erzwingen und damit eine weitere Umverteilung von Vermögen weg vom Volk hin zu den Superreichen anzustossen. Ein Land vollständig in die Knie zu zwingen, seine Wirtschaft, die Politik und das öffentliche Leben lahmzulegen – hätte man das vor zehn Jahren geschrieben, keiner würde das verstanden haben. Gegenwärtig erzwingt man das europa- und weltweit.

Ich kann mir nicht vorstellen, dass ich in die Lage komme, mich dereinst gerne an das Jahr 2020 zurückzuerinnern. Um dies schleunigst zu ändern, wäre es wünschenswert, dass die Menschen aufwachten und den Mut zeigten, für ‹Changes› (herrliche Ballade von Black Sabbath) einzustehen. Wir sollten aufhören, uns nach Richtungsvorgaben von Organisationen zu orientieren, militärische Bündnisse zu unterstützen und kritiklos jeder denkbaren Art von Fake-News aufzusitzen. Oder wir sollten basisdemokratisch anfangen, die Führung unserer Staaten in die Hände von Menschen zu legen, die wir kennen und denen wir vertrauen. Ich bin aber überzeugt, dass es da draussen noch viele Menschen gibt, die gewiss ihre eigenen Ideen haben, wie ‹Changes› in die angezeigte Richtung einzuleiten wären. Sie und wir alle sind gefragt, wenn die Welt in ein neues Wertegewand gekleidet werden soll.

Ironie eines Traums

Ich wachte kürzlich früh auf und fühlte mich leicht verstört. Ich hatte seit langem wieder einmal einen archetypischen Traum. Aktuell kam darin ein Einhorn vor. Dies musste wohl eine Folge davon sein, dass ich mir am Vorabend als Gegenmittel und Auflockerung zu den nicht enden wollenden Corona-News in den verschiedenen Medien einen Film angesehen hatte, bei dem es um Schamanismus, weisse Magie, Mystik und Geheimwissenschaften ging.

In der Folge versuchte ich die für mich relevante Symbolik betreffs meiner Einhornerscheinung zu entschlüsseln – nach dem Motto, mein Traum mein Einhorn. Das Einhorn steht für *kindliche Naivität,* weist aber auch auf *Jungfräulichkeit und Unschuld* hin. Die drei Deutungsbegriffe wollten mich vorerst nicht befriedigen. Ich konnte damit in Bezug auf meine Person nichts Gescheites, sprich Brauchbares anstellen. Andernorts stiess ich darauf, dass der Traum von einem Einhorn *den Kontakt zu Lichtwesen* ankündigen soll. Das gefiel mir etwas besser, sättigte meine Neugier trotzdem noch nicht hinreichend. Ich suchte weiter. Aus Indien wird berichtet, dass Einhörner stark und wild seien. Und in einer Überlieferung fand ich, dass *ihr Horn antitoxische Wirkung besitzt, weshalb es als Trinkbecher verwendet wurde.*

Dieser Hinweis fand schlussendlich meinen Gefallen. Damit konnte ich endlich etwas anfangen. Nach dem Motto «sieben auf einen Streich» verwarf ich hierauf alle

Deutungsansätze wieder in einem Wisch, denn Einhörner, wie wir alle wissen, gibt es nicht. Sie sind Fabelwesen.

Der Traum liess mich dennoch nicht zur Ruhe finden, denn ich bin zweifellos einem begegnet. Ich begann darüber zu grübeln und unternahm neuerlich Deutungsversuche. War ich tatsächlich so blauäugig, kindlich naiv, wie die Erscheinung des Einhorns mir suggerierte? Vermutlich schon. Ich musste mir eingestehen, dass ich zu Beginn der Pandemie mit zu denen gehörte, die sich von den Berichten, Bildern und Veränderungen im Alltagsleben beeindrucken liessen. Es dauerte einige Wochen, bis ich in der mir persönlich auferlegten Quarantäne lockerer wurde und so meine Zweifel an der Gefährlichkeit des Virus zu hegen begann. Dass da ein Virus sein Unwesen trieb und noch treibt, wollte ich nicht bezweifeln, fand aber, dass wir alle jetzt wüssten, wie wir damit umzugehen hatten. Auch darin scheine ich mich zu täuschen, habe ich doch aktuell die ungebremste Reiselust meiner Zeitgenossen stark unterschätzt. Reisen vielleicht, aber doch keine Reisen an Strände, wo man tagsüber sein Fleisch spazieren führt und sich abends in überfüllten Diskotheken einen Rausch antrinkt.

Doch zurück zu meinem Traum. Hinsichtlich der Bedeutung von Jungfräulichkeit und Unschuld des Fabelwesens, das mich traumwandelnd heimgesucht hatte, bekundete ich schon wesentlich mehr Mühe. Es wollte mir nicht gelingen, darauf einen Reim zu finden. Ich begab mich darum, im Wissen dessen, dass Einhörner Fabelwesen sind, auf die Ebene des Traums und fabulierte frisch drauflos. Corona ist schrecklich, ist harmlos, ist eine Lüge. Antipodisch gedeutet könnte ich darauf schliessen, dass ich als Traumtänzer lebte und die drohende pandemische Gefahr nicht wahrhaben wollte. Ich konnte es drehen und wenden wie ich wollte, irgendwie fand ich keine zufriedenstellende Erklärung auf die mich fordernde Unberührtheitssymbolik. Dann fiel der Groschen. Ich hatte mich unversehens ins Mysterium der christlichen Deutung von Marias unbefleckter Geburt verstrickt. Tief in mir musste deshalb sicher der Wunsch gären, einen Schlüssel zur Lösung der Pandemie zu finden. Ein Erlöser oder Erlösergedanke musste her, dafür stand das jungfräuliche Einhorn.

Da knüpfte ich also an. Eines ergab das andere, und ich wünschte mir eine Lichtgestalt, einen Erzengel herbei, der uns von der Plage befreien würde. Weder das eine noch das andere trat ein. Ich begann mich ernüchtert damit zu begnügen, dass ich auf ein baldiges Ende der Pandemie hoffte. Hatte sie in ihrem bacchantischen Festzug nicht schon genug Schaden angerichtet und Menschen ins Unglück gestürzt? Sie hatte ihre Zeit, sich auszutoben, einmal muss damit auch wieder Schluss sein. (Man merkt, Geduld zählt nicht zu meinen Stärken.)

Diese neue Nüchternheit brachte mich zwar in die Realität zurück, trieb mich aber gleich wieder in die nächste Verstrickung. Mir wurde bewusst, dass der Traum mehr mit meiner Situation zu tun hatte, als mir lieb war. Die Lösung bot sich mir im Horn, das antitoxische Wirkung haben sollte. Entweder ich würde also in den Besitz eines Horns gelangen und künftig daraus trinken und daran gesunden, oder aber, ich deutete die Traumnähe des entgiftenden Horns als Weissagung. Mir würde so mitgeteilt, dass ich mich vor dem Virus nicht fürchten sollte. Einhörner sind Fabelwesen, darum schien mir diese Deutung relevanter als alles Vorherige zu sein. Ich atmete befreit auf und fiel dankbar zurück in eine angenehme Sorglosigkeit, wie ich sie früher bestens kannte.

Tage darauf erzählte ich einem Freund, der als Psychiater praktiziert, bei einem verabredeten Treffen und vom Wein etwas gelockert, meinen Traum. Er hörte mir geduldig zu und meinte dann mit aufmunterndem Ton:

Ich sähe wohl vor lauter Bäumen den Wald nicht mehr. Ich bräuchte dringend etwas Erdung, ob ich denn bei dem heissen Wetter nicht öfters mal baden gehen wollte? Es sei Sommer, und Kühlung bewirke bei Überhitzung Wunder. Er hätte nicht gewusst, dass ich so blauäugig und naiv sei. Er wolle mir zu Gute halten, dass an meiner Verwirrung vermutlich eine Überdosis an reisserischen Nachrichten schuld sei.

Das ärgerte mich nun gewaltig. Ich fühlte mich von ihm nicht ernst genommen. Die einen deckten uns mit schrecklichen Bildern von in Spitälern erstickenden Menschen zu, andere durften uns straflos die übelsten Pandemiegeschichten vorflunkern, während man mir wegen meines unschuldig kindlichen Traums gleich den Strick drehte und mich verletzen durfte?

Alles ist vernetzt
und beeinflusst sich gegenseitig

Bereits eine harmlose Tätigkeit ist in der Lage, uns zu belehren, dass alles auf diesem Planeten miteinander zusammenhängt und eines das andere beeinflusst. Tauche bei sommerlichen Temperaturen mit einem eleganten Kopfsprung vom Sprungturm oder falle auch nur wegen eines ungelenken Strauchelns kopfüber vom Ufer aus ins kühlende Nass eines Sees, des Meeres oder des Ozeans: Der Effekt ist jedes Mal derselbe. Man fühlt sich sogleich angenehm aufgenommen, eingehüllt, leicht, getragen, geschaukelt und gekühlt vom Wasser. Vielleicht ist dafür unser Unterbewusstsein zuständig, das in sich noch die pränatalen Erfahrungen unseres Aufenthalts im Mutterleib erinnert.

Ähnlich der Steigerung vom See zum Meer und zum Ozean verhält es sich mit dem elementaren Erlebnisauslöser Wasser. Man kann Wasser durch Wind, Feuer, Erdreich oder eine beliebige andere Instanz ersetzen. Analog zum Eintauchen in den See lässt sich mit den ausgetauschten Instanzen immer ein Vergleichbares im persönlichen Erlebnisbereich feststellen.

Der Wind bewegt uns, bringt Wolken und damit Schatten und manchmal Regen mit sich und kann zum Sturm, zum tobenden Orkan oder einem fürchterlichen Orkan der Stärke 5 heranwachsen. Er kann Meere und Ozeane in ungestüme, gebirgige Wellenlandschaften verwandeln. Er löscht aber auch Feuer oder kann es im Gegenteil zu apokalyptischen Bränden hochtreiben. Erde kann von der Gewalt des Windes erodieren, austrocknen oder wandern. Er dient als Aufnahmepool von Samen und anderen feinstaublichen Keimen, welche im Wind mittransportiert werden. Dadurch wächst Neues aus dem Erdreich, Metamorphosen vollziehen sich und Energie wird dabei transformiert.

Vergleichbares gilt vom Feuer. Es bringt uns Licht ins Dunkel, wärmt die Körper und versetzt uns seelisch in eine harmonisierte Ausgewogenheit, die wir als Wohlgefühl empfinden, worin sich aber auch das entwickelt, was wir als Liebe kennen. Hierin liegt wohl auch das Geheimnis verwahrt, dass wir süchtig sind danach, an offen Kaminen zu sitzen. Gibt es etwas Romantischeres? Feuer trägt aber auch die Kraft in sich, Instanzen in andere Aggregatzustände zu versetzen – Eis zu Wasser und zu Dampf, um nur ein bekanntes Beispiel anzuführen.

Das Erdreich wiederum trägt uns, gibt uns innerlich wie äusserlich Halt und lässt uns mit beiden Beinen auf dem Boden stehen. Es fokussiert uns auf unser Schwergewicht, verleiht uns auch im Bewusstseinsbereich Stand- und Orientierungspunkte und lässt uns spüren, wer wir sind. Die Erde nährt uns mit den Früchten des Ackers, dem Getreide, Gemüse und vielem mehr. Dabei steht die Erde in diesem Prozesskontext, wie angedeutet, selber im wechselseitigen Austausch mit Licht, Wasser und Wind. Wir wiederum gliedern uns über die Nahrungszufuhr in diese Kreisläufe ein und sind dadurch in Harmonie mit dem sich stets im Wandel befindlichen Dasein.

Man kann diese Beispiele beliebig erweitern und ergänzen. Die unvoreingenommene, auf die Welt fokussierte Wahrnehmung führt uns dabei immer zum einen Selben-Ganzen.

Man kann sich das am Beispiel stereometrischer Vorgänge in der Mathematik vor Augen führen, wo über das Verbinden von beliebigen und zufällig gewählten Punkten untereinander aus der Fläche immer neue Figuren und Formen entstehen, die alle von der gleichen Herkunft sind und ausserhalb von Kategorien wie richtig oder falsch stehen: die Vielfalt des Ganzen als Einheit des Seins unter dem Aspekt der qualitätsgesteigerten Superlative. Diese und ähnliche Erkenntnisse haben ihre Gültigkeit, sofern man analoges, symbol- und sinnbehaftetes Dasein als gegeben anerkennt. Und was in unserer Wahrnehmung wollte dagegensprechen?

Man möge mir diesen etwas wackligen Gang ins Reich der Mystik nachsehen. In bin keine Fachkraft in diesen mich dennoch faszinierenden Gefilden. Der Exkurs soll an dieser Stelle lediglich den Kontext für die nächste Frage vorbereiten: Was wollen uns Krankheiten wie Corona sagen, und wie sollen wir sie deuten und was dagegen unternehmen? Einige mögen jetzt vielleicht denken: «Was soll die Fragerei, der Sachverhalt ist doch ganz einfach: Lasst uns schnell einen Impfstoff entwickeln, und das Virus ist neutralisiert und damit die Frage überholt.» Impfen ist zweifelsfrei richtig, aber damit werden keine Fragen nach der kosmischen Bedeutung von solchen Erscheinungen aufgelöst.

Krankheiten tragen das Vermögen in sich, uns Menschen zu schwächen und unser Leben gar zu beenden. Man spricht dann von vorschneller Beendigung, als ob es für den Tod einen Fahrplan gäbe. Krankheiten werden von uns in der Regel wie Feinde behandelt, da sie unser Leben bedrohen. Sie tragen das Potenzial in sich, uns aus der Körperlichkeit in kosmischen Partikelstaub zu transformieren. Sie lassen uns zu dem werden, was wir vermutlich schon vor unserer Menschwerdung waren, Sternenstaub. Krankheit kündet uns Verwandlung an. Dabei ist die Krankheit nicht der Urheber, sondern nur der Transporteur – wie der Wind von Keimen, das Wasser von Treibholz und das Feuer von Hitze.

Fragen wir nach dem Urheber und insofern nach einer Instanz, zu der wir selber ursächlich in Verbindung stehen, so bieten sich uns eine Fülle von Wesenheiten an, die uns in Gestalt von Krankheiten zu etwas Neuem verwandeln. Dabei muss es selbstredend nicht in jedem Fall die Krankheit zum Tode sein. Solche ‹Krankheiten› sollten uns dazu veranlassen, innezuhalten, sie zu analysieren und uns zu besinnen. Lasst uns dabei herausfinden, auf welchen Pfaden wir uns bewegen, auf welchem Boden wir stehen und nach welchem Wind wir uns drehen.

Mir kommen aus dem Stegreif eine Fülle von Instanzen in den Sinn, die gegenwärtig zur Krankheit führen können: Klima, Luftverschmutzung, Wasserverschmutzung, kontaminierte Böden, flächendeckende Waldrodungen, das Waldsterben, Kriegsverwüstungen, atomare Verstrahlung, Genmanipulation oder Licht- und Lärmverschmutzung. Diese energetisch stark geladenen Beispiele lassen sich aber auch ins Psychische, Theologische, Philosophische, Geistige und Seelische heben: Manipulation, Vorurteile, Gewaltbereitschaft, Geiz, Habsucht, Ausbeutung, Hass Versklavung und noch vieles an charakterlichen Schwachheiten und Bosheiten mehr.

In diesem Licht betrachtet sind wir die Mitauslöser von allem, was Andere und Anderes angreift, ausbeutet oder zerstört und letztlich auch uns selber existenziell zu vernichten vermag. Wenn wir darum nach einem Impfstoff gegen das Coronavirus suchen, dann sollten wir nach dem kosmischen Gesetz der Vielfalt des Ganzen als Einheit des Seins billig bei uns anfangen. Die Entwicklung eines Impfstoffes bedarf keiner Verträge, aufwendigen Laboreinrichtungen und Milliardeninvestitionen.

Wir brauchen uns lediglich hinzusetzen und zu überlegen, was jeder von uns als geeigneten Beitrag zur positiven Beeinflussung und Heilung dieses für uns lebensfeindlich gewordenen Planeten leisten kann. Dies ist ein machbarer Plan, nachhaltig, bestimmt ansteckend und vollzieht sich in einem kosmischen Ganzen. Das Zauberwort heisst aufwachen.

Die Dystopie von den
Freien Unfreien und Entrechteten

Zu einer Zeit im 22. Jahrhundert hatte man als menschliche Gesellschaft endlich einen geeigneten Weg gefunden, die Welt zu einem sicheren Hort zu machen; kriegsbefriedet, keimfrei, klimaneutral, verkehrs- und stressfrei. Keiner musste mehr arbeiten, es sei denn, er wünschte es. Niemand musste sich unnötigerweise Sorgen machen zu hungern, zu erkranken oder zu verarmen. Die Menschen waren zufrieden, freundlich im Umgang miteinander und alle gingen engagiert ihren Alltagsverpflichtungen nach. Wenn man mich nach Ideen, Idealen und Visionen fragt, welche diese Menschen geführt haben mochten, dann muss ich leider abwinken, denn solche Dinge sind auf der Grundlage dieses neuen Lebens überflüssig geworden.

Keiner geriet in Versuchung zu stehlen, einzubrechen oder seinem Mitmenschen Schaden zuzufügen, da es alles, was ein Mensch zum Leben brauchte, in mässigem Überfluss gab. Und sie zu erlangen, bedurfte es keiner besonderen Anstrengungen. Polizeipatrouillen und andere Sicherheitsvorkehrungen erübrigten sich. Das Militär löste man auf und der Überwachungsstaat gehörte endgültig der düsteren Vergangenheit an. Man proklamierte mit Fug und Recht, dass es sich paradiesisch anfühlte, in dieser neu geordneten Welt zu überleben.

Wie konnte es wunderbarerweise soweit kommen? Was war geschehen? Findigen Wissenschaftlern gelang im Laufe ihrer Forschung auf der Suche nach immer neuen Impfstoffen zufällig der perfekte Präventionscocktail. Der Stoff griff an zwei entscheidenden Punkten in die Physis des Menschen ein – er veränderte die DNA und impfte gleichzeitig ein Heer von angriffslustigen Nanopartikeln in den Kreislauf, welche entsprechend effizient jeden Fremdkörper in den Organen und Drüsen neutralisierten. Was auch immer über die Nahrung, die Luft oder Entzündungsherde in den Körper einzudringen versuchte, sie spürten es auf. Jeden noch so gut versteckten Tumor fanden sie und bekämpften ihn. Dabei stärkten sie zugleich Kreislauf und Immunsystem. Offene Wunden wurden regeneriert und sogar abgetrennte Glieder wuchsen problemlos und schmerzfrei nach.

In der auch ohne göttliche Beihilfe neu geschaffenen Weltordnung gab es drei Gesellschaftsgruppen: die Freien, die Unfreien und die Entrechteten. Die Freien rekrutierten sich aus den Wissenschaftlern und deren Geldgebern und ehemaligen Förderern, welche dank des weiter optimierten Impfstoffes 150 bis 200 Jahre alt wurden. Sie lebten, zu ihrem eigenen Schutz, unerkannt und abseits der beiden anderen Gesellschaftsschichten. Dies war ihr Privileg als den wahren Schöpfern dieser neuen Weltordnung.

Die Unfreien, die sogenannte Wohlstandsschicht der Bevölkerung, rekrutierte sich aus Menschen, welche auf Grund wohldefinierter Präferenzen, wie Schönheit, athletischem Körperbau, hoher Resilienz und Ähnlichem mehr mit einem Derivat des ursprünglichen Impfstoffes behandelt wurden. Ihre Lebenserwartung belief sich immerhin noch auf 100 bis 120 Jahre. Und da sie nicht darüber informiert worden waren, wie lange die privilegierte Gruppe von Menschen lebte, war alles harmonisch und der Alltag baute auf Recht und Ordnung auf.

Dann gab es da noch die Entrechteten, die Mehrheit der menschlichen Lebewesen, welche wie eh und je in lichtarmen und zonengesonderten Bereichen des Planeten, in sogenannten Industriesiedlungen, versklavt und rechtlos dahin vegetierten. Der eigens auf sie zugeschnittene Impfstoff war nanopartikelfrei, weshalb sie schutzlos lebten und frühzeitig an Krankheiten verstarben. Ihre durchschnittliche Lebenserwartung belief sich auf maximal 35 bis 40 Jahre.

Für die Befriedung des gesellschaftlichen Zusammenlebens der Bevölkerung gab es ein spezielles Pharmazeutikum, Zerotonia, das Mengen an Glücksgefühlen frei setzte, Depressionen, kleine und grosse, verhinderte und Machtgelüste zügelte und die Menschen insgesamt fokussierter machte. Zerotonia wurde den Unfreien als Depotmedikament verabreicht. Die Fokussiertheit der Entrechteten verhinderte somit die Neugier und ein erwachendes und vergleichendes Betrachten der Lebensvorzüge zwischen ihnen und den Unfreien. Von der Existenz der Freien hatten selbstverständlich auch sie keine Ahnung.

Kritik war ihnen allen fremd. Die Freien lebten in den herrlichen Palästen des Adels aus früheren Tagen der Menschheitsgeschichte, während die Unfreien riesige Siedlungsbauten bewohnten. Diese Wohnsilos waren umgeben von weit angelegten, herrlichen Parkanlagen mit Teichen, künstlichen Wasserfällen und ausgedehnten Blumenbeeten, malerischen Gartenanlagen und Hainen, in denen die Silobewohner sich sportlich und spielerisch vergnügten. Überall in den Anlagen gab es reichlich sogenannter Tankstellen, vergleichbar unseren Geschäften, wo man sich kostenlos mit jedem beliebigen Getränk, allen möglichen Nahrungsmitteln, Kleidern und anderen wichtigen Dingen des täglichen Lebens versorgten durfte.

Einmal wöchentlich wurden in sogenannten Echtspiel-arenen zur Unterhaltung und Weiterbildung der unfreien Menschen Aufführungen arrangiert, anlässlich derer historische Schlachten des Mittelalters bis hin in die Neu-zeit nachgestellt wurden. Die Akteure dieser reinen Unter-haltungsschlachten rekrutierten sich aus den Heerscharen der Entrechteten, welche bei diesen Kämpfen mehrheit-lich sogar die antiken, aber immer noch funktionstüch-tigen Schwerter, Hellebarden, Schusswaffen, Kanonen, Panzer und Düsenjets von ehedem verwendeten.

Es gab zwar immer lauter werdende kritische Stimmen aus den dichten Reihen der Unfreien, welche, warum auch immer, Mitleid mit den Entrechteten verspürten, da es in diesen Schlachten jedes Mal unzählige Tote gab. Man mag das nun taxieren, wie es beliebt, ändern wollte es, danach befragt, dennoch keiner, da man trotz allen Mit-leids nicht auf die unterhaltsamen Spiele zu verzichten bereit war. Stattdessen ging man dazu über, einmal monatlich einen herrlichen Festgottesdienst mit grossem Pomp für die Gefallenen zu feiern. Und hier und dort wurden Denkmäler in den Parks errichtet, welche eindrucksvoll an vergangene Kämpfe (nicht aber an die dabei Gefallenen) erinnern sollten.

Diese religiösen Feste dienten gleichzeitig auch als eine Art Erntedankfest für die Entrechteten, welche ja den Zweck ihres Daseins ausschliesslich darin sahen, in den grossen Industrieanlagen sich selbstverständlich und vorbehaltlos für das Überleben der bessersituierten Bevölkerungsschicht einzusetzen. Sie lebten zwar in kleinen, übereinandergestapelten Metall Containern, es fehlte ihnen aber für ihr emsiges, nur von Arbeit geprägtes Leben an nichts. Hätte man ihnen ihre Arbeit weggenommen, wären sie nach kürzester Zeit an innerer Leere, Ödnis und Langeweile gestorben.

Diese wunderbare neue Weltordnung nahm ihren Ausgang im frühen 21. Jahrhundert, genauer im Jahr 2020, als die Menschheit von einer schlimmen Pandemie, dem Corona Virus, gegeisselt worden war.

Unzählige siechten damals, einmal infiziert, in Quarantäne-Einrichtungen und in Heimen einsam dahin, und viele von ihnen starben einen qualvollen Tod. So wenigstens wurde es uns berichtet. Mehrere Monate lang wurden die Medien nicht müde, die verängstigten Menschen über geeignete Verhaltensmassnahmen zu informieren, welche die Krankheit wirksam eindämmen sollte. Dazu zählten Masken, Hygienerituale und Social Distancing. In jenen unsäglichen Tagen der Angst und Verzweiflung, als nichts wirklich half und das Virus Welle um Welle weltweit sein Unwesen trieb, startete die Wissenschaft ihre heroische

Kampagne zur Herstellung eines einzigartigen Wirkstoffs, der die Pandemie ein für alle Mal besiegen sollte. Die Forscher und Entwickler waren vom Impferfolg so sehr überrascht, dass man es sträflicherweise unterliess, die Bevölkerung auf mögliche Nebenwirkungen zu untersuchen.

So gelang es der Menschheit, wie durch Zauberhand und Zufall, für sich eine neue Weltordnung zu schaffen. Keiner hätte sich damals vorgestellt, dass dies ohne Krieg oder Repression realisierbar wäre.

Stoffel und Erni sortieren die Welt neu

Zufällig wurde ich am Vortag des 1. August dieses Jahres, dem Schweizer Nationalfeiertag, Zeuge einer Unterhaltung zweier Senioren zum allgemeinen Weltgeschehen und zu Corona im Besonderen. Ich befand mich im Dorfzentrum, wo ich eben vom Einkauf zurückkam, und wartete auf den Bus. Wie ich da so stand, hörte ich, dass der eine der beiden, er wurde Stoffel genannt, sein Gegenüber fragte, ob er sich eigentlich auch noch an einige der kleinen Geschäfte erinnern könne, die vor Jahrzehnten hier an der Hauptstrasse zu finden waren: die Käserei, zwei Metzgergeschäfte, eine Konditorei, zwei Lebensmittelläden und ein Bäcker und ganze drei Coiffeur Geschäfte? Das Coop-Zentrum und den Migros-Grossverteiler habe es damals noch nicht gegeben.

«Klar kann ich mich daran erinnern,» meinte Erni, mit fast schon beleidigtem Unterton in der Stimme. «He, he,» grinste Stoffel: «denkst bestimmt immer noch voller Sehnsucht an die rassige Lisbeth aus dem Käsereigeschäft. Die war schon ne kesse Nummer. Immer zu Scherzen aufgelegt.» «Ach du alter Esel, gerade du hast es nötig, mich deswegen aufzuziehen, wer hat ihr denn immerzu schöne Augen gemacht, der flotten Lisbeth, wenn nicht du. Nur gut, hat sich die Hildi deiner letzlich erbarmt, sonst wärst du heute noch ein einsamer alter Schwerenöter, der in ungebügelter und zerrissener Hose rumläuft. Erinnerst dich wohl nicht mehr, wie du beinahe am Boden zerstört dalagst, wie man die Lisbeth plötzlich am Arm des flotten Alfonso die Dorfstrasse entlang flanieren sah.» Der Stoffel schien kurz leer zu schlucken – zum Spass oder nicht, das konnte ich aus der Distanz nicht ausmachen. Er meinte dann aber: «Ja damals war die Welt noch irgendwie gefälliger gebüschelt. Auch wir kannten zwar unsere Fights, aber irgendwie wusste man stets noch, worum sich alles drehte.» Dann seien einer nach dem anderen die Grossverteiler im Dorf aufgetaucht und die kleinen Geschäfte hätten leider zeitgleich gestaffelt dichtgemacht.

«Hast du gewusst,» fragte Erni nach einer kurzen Verschnaufpause: «dass mein Vater in den zwanziger Jahren als Melker bei einem Grossbauern angestellt war? Er war einer von dreissig anderen.» Es hätte damals nur zwei oder drei Grossbetriebe in der Region gegeben und die hätten alles in der Hand gehabt, die Leitung des regionalen Milchgenossenschaftsverbands und sogar einige Kantonsabgeordnete. Den zwei Dutzend Kleinbauern, die es noch gab, sei damals das Wasser bis zum Hals gestanden. Die meisten hätten in der Folge aufgegeben oder einen auf Selbstversorger gemacht. Nur wenige überlebten. «Ja hast du mir schon oft erzählt, du Demenzgeplagter, das von deinem Vater,» antwortete Stoffel und sah sein Gegenüber fragend an, um zu erfahren, worauf er hinauswollte. «Ja schon,» sinnierte Erni leicht irritiert vor sich hin, fuhr dann aber mit fester Stimme und im Brustton der Überzeugung fort: «bedenkt man es recht, dann war doch das damals vergleichsweise schon dasselbe wie etwas später hier mit den Geschäften und den Grossverteilern. Ja, die Grossen verdrängten immer die Kleinen. Das ist die Regel. Im Unterschied zu Zecken kriegten diese den Hals aber nie voll. Umsatz, Umsatz ohne Ende,» schloss Erni.

«Sag mal, jetzt wo wir grad so dabei sind, die Welt neu zu sortieren. Was hältst du eigentlich davon, dass es tatsächlich Leute geben soll, man nennt sie im Fernsehen, Verschwörer, die behaupten, dass Corona nur ein Vorwand sei. Dass es darum gehe, die Leute mundtot zu machen und ihren Gehorsam zu testen, um insgeheim eine neue Weltordnung einzurichten,» fragte Stoffel nach Luft ringend, da ihm der Satz zu lang und zu kompliziert wurde. «Den Schmarren willst du doch nicht wirklich glauben,» sah Erni den Stoffel fragend an. «Neeein,» zierte dieser sich verunsichert: «Ich will bloss von dir hören, was du darüber denkst.» Die würden behaupten, dass die Superreichen da so ein Ding am Drehen wären, um schnell noch reicher zu werden. Erni geriet in Rage: «Die haben doch ohnehin schon genug Kohle,» er verstehe nicht, warum die davon immer mehr bräuchten. Die müssten doch bestimmt ewig leben, wenn sie all ihr Geld ausgeben wollten.

Der Stoffel nickte beipflichtend. Dann lachte er: «Und wir zwei alten Knacker stehen in zwei oder drei Jahren abgebrannt vor der Tür des Herrn und reichen ihm dankbar die Hand und bitten gnädig um Einlass.» Erni wehrte zurücklachend ab: «Lass das Jammern, Stoffel, wir haben es immer noch drauf, ein paar Jährchen mehr bleiben uns schon noch.»

Ob er noch wisse, wie sie sich damals mit Blumen und Joints gegen den Krieg gewandt hätten, für den Frieden eingestanden seien und die grosse Verbrüderung der Menschen und den freien Sex gefeiert hätten. «Neue Welt Ordnung, wenn ich den Bockmist nur schon höre,» wetterte Erni los: «was soll daran verführerisch sein. Glaubst du wirklich, das Vreni wäre mit uns an die Demos gegangen, wenn wir für eine neue Weltordnung gekämpft hätten?» «Au Erni, das haben wir doch damals auch irgendwie getan, ich sehe da keinen grossen Unterschied,» gab Stoffel zu bedenken: «Frieden für alle, das war unser Ding – und frei nach Beethoven, alle Menschen werden Brüder. War doch eine erfolgreiche Zeit.» «Hätte ja beinahe auch geklappt,» lenkte Erni zustimmend wieder ein: «wenn es damals bloss den eigensinnigen Iwan nicht gegeben hätte. Der hat alles verdorben.»

Ja und heute sei es nicht nur der Russe, der den Weg zum Paradies versperre, jetzt gebe es neuerdings auch noch den ehrgeizigen Chinesen. «Was willst du da noch ausrichten,» fragte Erni nachdenklich. «He du Depp,» brauste Stoffel plötzlich auf, als hätte er eine Erleuchtung: «es geht hier nicht darum, dass das Volk eine neue Weltordnung machen will. Die Verschwörer behaupten doch, dass die Superreichen sowas einrichten wollen. Das ist ein wichtiger Unterschied.» «Wie das? Wovon sprichst du,» fragte Erni: «hast heute früh wohl schon zu tief ins Schnapsglas geguckt.» «Jetzt hör aber auf,» ereiferte sich der Stoffel, da sei doch wohl ein entscheidender Unterschied vorhanden: «wir haben uns damals gegen die

Regierungen und das Establishment aufgelehnt, die Reichen hingegen scheuen sich nicht und lassen sich bei ihrer Umstrukturierung sogar noch von den Regierenden helfen.» «Ah! Klar hast recht. Abgefahren,» pflichtete Erni seinem Freund bei. Vermutlich werde die Welt nie so perfekt sein, dass alle Leute, die sie bewohnten, damit zufrieden seien, schloss Erni die Betrachtung. «Ja, einer bleibt immer übrig, der es besser weiss und alles anders haben will,» pflichtete Stoffel bei: «aber das soll jetzt nicht mehr unsere Sorge sein.»

«He du,» wandte sich der Stoffel plötzlich an mich: «hast doch eben den Bus abfahren lassen.» Er musste wohl mitbekommen haben, dass ich schon längere Zeit ihrem Gespräch gelauscht hatte. «Was bist denn du für einer, wohl auch nicht mehr der Jüngste,» witzelte er. «Entschuldigt mich, ihr Herren, ich gebe es zu, ich habe interessiert eurem Gespräch gelauscht und war so fasziniert davon, dass ich gar nicht bemerkte, wie ich den Bus verpasst habe.» Es täte mir leid, und ich entschuldige mich auch dafür, heimlich gelauscht zu haben. «Ich glaub ich weiss, wie ich das wieder gut mache,» schloss ich: «ich biete euch höflich eine Einladung zum Bier an. Vielleicht habt ihr Lust und wir können dann zu dritt die Welt nochmals demontieren und neu sortieren.»

Erni und Stoffel sahen einander an und schienen einverstanden. «Na gut,» sagte Erni: «übrigens ich bin der Ernst und der Schräge da ist der Christoph.» «Und ich bin der Rick,» stellte ich mich ihnen vor. «Aha, Rick, kannst du uns sagen, was eigentlich ein Verschwörungstheoretiker sein soll,» fragte mich Erni prüfend. Das sei einer, der bestimmte Ereignisse des gesellschaftlichen oder politischen Lebens in einer anderen Weise auslege, als dies die Allgemeinheit üblicherweise tue. «Ist ja ein Ding,» meinte Erni: «und ich dachte, wir lebten in einer Demokratie, wo jeder denken und frei heraus sagen kann, was er will, wenn er nur Bereitschaft zeigt, zu seiner Meinung zu stehen,» aber da irre er wohl, folgerte Erni. Und morgen sei erst noch Nationalfeiertag.

«Feiertag hin oder her,» Stoffel hob mittlerweile schon etwas ungeduldig seinen Zeigefinger und dirigierte uns dann über die Strasse: «genug gescheit dahergelabert, lasst uns rüber zu Joe's Bar gehen, die besitzen ein Set Jass Karten. Wir sind zu dritt, das ist gerade richtig für einen Tschau Sepp. Die nächste Revolution kann noch etwas warten.»

Stoffel und Erni – jetzt geht aber die Post ab

Nachdem ich Stoffel und Erni vor vier Monaten zufällig kennengelernt hatte, wurden wir uns damals nach dem gemeinsamen Bier in Joe's Bar schnell einig, dass unbedingt ein neues Treffen vereinbart werden müsse. Zu dritt mache ein Jass mehr Spass. Diese Treffen fanden dann in der Folge immer öfters statt, und wir drei lernten uns nach und nach besser verstehen.

Jetzt stand ein neues Meeting bevor und ich freute mich darauf. Zur abgesprochenen Stunde fand ich mich darum pünktlich wieder in der Bar ein. Und da sassen sie auch schon, die zwei sympathischen Kauze und schlürften bereits an einem Bier und warteten mit den Karten vor sich, auf meine Ankunft; der Stoffel mit einer Schaumkrone am Schnauz, wie ich belustigt feststellte.

«Kommst du endlich,» maulte Erni mit Schalk in den Augen und erfreut mich zu sehen. «Sag bloss, du hast schon wieder den Bus verpasst,» ergänzte Stoffel zur Begrüssung. «Hab keinen Grund, mich zu entschuldigen, ihr Schwerenöter. Ich bin pünktlich wie ein Schweizer Uhrwerk. Aber schön auch euch zusehen,» begrüsste ich sie meinerseits. «Gebt es zu, ihr Süchtigen, konntet bloss nicht abwarten, bis es endlich wieder ‹Bierzeit bei Joe's› heisst. Aber wie ich sehe,» fuhr ich weiter, «habt ihr euch ja bestens eingedeckt und seid vorbereitet.»

Zwischenzeitlich trat der Wirt zum Tisch und fragte nach meinem Wunsch. «Bring dem Prahlhans einen Sirup, sonst findet er nachher nicht mehr allein zurück ins

Altersheim – hmm, Schweizer Uhrwerk,» feixte Erni. «Ist schon recht,» lenkte ich gelassen ein. «Mit euch abhängen ist nicht gut für mich. Ihr seid mir zu trinkfest. Als Jasskumpel schätze ich euch hingegen sehr. Keiner verliert öfters wie ihr zwei. Ihr habt doch von Jassen keine Ahnung. Mit und durch euch kann ich bestens mein Taschengeld aufbessern.»

«Hör dir den an,» wandte sich Stoffel an den Erni, «das ist ja wirklich ein Blender.» Der Wirt lächelte etwas gequält. Er wartete ungeduldig auf meine Bestellung: «Und was wünscht der Herr?»

«Sag mal Joe,» wandte sich Stoffel fragend an den Wirt, «bist sicher ein eingefleischter Biden-Fan. Trägst ja sogar den gleichen Vornamen.» Der Wirt schaute etwas befremdet zu ihm rüber, er verstehe nicht, wovon der Herr Stoffel spreche. «Willst uns also allen Ernstes glauben lassen, von nichts eine Ahnung zu haben,» fragte Stoffel nach. Und gespielt entrüstet brauste er auf: «Wo lebst du denn? Jetzt mach aber einen Punkt, Sleepy Joe, willst wirklich behaupten, noch nichts von den berühmt-berüchtigten amerikanischen Präsidentschaftswahlen gehört zu haben,» fragte er entsetzt?

Er habe zurzeit andere Sorgen, belehrte uns Joe. Da bleibe keine Zeit, sich um Wahlen zu kümmern, die ihn nichts angingen. Es mache ohnehin kaum einen Unterschied, wen sie da jenseits des Grossen Teichs regieren lassen. Seien doch immer schon besoffene Cowboys, Mafiosi und Hehler gewesen. Alles gewissenlose Gangster, die jede sich anbietende Krise zu ihrem Vorteil nutzen, um Geld zu scheffeln, wo andere Pleite gingen. Er aber kämpfe um seine Existenz. Wenn es jetzt noch einmal zu einem Lockdown komme, dann sei es das gewesen, und er müsse zusammenpacken. Sei ja wie zu Zeiten der grossen Prohibition. «Das wollen wir aber aktiv bekämpfen,» wandte ich mich freundlich lächelnd an ihn: «bring uns dreien doch bitte jedem ein grosses Helles.» «Hört, hört! Ein Grosses,» spöttelte Erni.

Stoffel weilte in seinen Gedanken offensichtlich immer noch bei den amerikanischen Wahlen. Jetzt komme es doch am 20. Januar tatsächlich zu einem Präsidentschaftswechsel, gab er etwas enttäuscht zu bedenken. Er habe in den Nachrichten gehört, dass Donald Trump die Wahlen haushoch verloren und der alte Secondhand Kriegstreiber Biden das Rennen gemacht habe. «Wieso sagst du Secondhand,» erkundigte sich Erni interessiert? «Er spielte doch unter Obama als Vize-Präsident stets nur die zweite Geige,» erläuterte Stoffel – darum Secondhand. Den hätten sie sich doch zum Sparpreis im Brockenhaus erstanden. Der Glückliche, jetzt dürfe er auf eigene Verantwortung im hohen Alter ins Kriegshorn blasen. Der sei älter als jeder von uns dreien hier am Tisch. Darauf riet ich dem Erni belustigt: «Schau an Erni, Zeit für dich, auszuwandern. Mit deinen jugendlichen 72 Jahren hast du gute Aussichten, da drüben in vier Jahren der neue grosse Macker zu werden. Dann hast du ausgesorgt.»

«He du überzogenes Uhrwerk, hast du gewusst, dass die Schweizer Post ihre Finger mit im Spiel hatte bei den US-Wahlen, letztens,» wandte sich Stoffel neugierig an mich. «Wie das,» fragte ich etwas ungläubig. «Du verwechselst das sicher mit der kürzlich entlarvten Crypto-Affäire.» «Crypto was,» wollte Stoffel wissen. Erni unterstützte mich, er wisse davon. Ein cleverer schwedischer Geschäftsmann habe vor Jahrzehnten in Zug eine Fabrik eröffnet, in der man Chiffriermaschinen baute, die dann gewinnbringend an Geheimdienste und Regierungen weltweit verkauft worden sei. Die CIA und der BND hätten Interesse an dieser Maschine bekundet und sich angeblich ohne das Wissen der hiesigen Regierung mit Beihilfe des Schweizer Geheimdienstes die Aktienmehrheit des Unternehmens gesichert. Darauf hin, sei es den beiden ausländischen Spionageabwehrorganisationen möglich gewesen, sämtliche Geheimnachrichten weltweit abzufangen und zu dechiffrieren, da ihnen der Code der Maschine bekannt war.

«So ne Sauerei,» wetterte Stoffel drauflos: «Schade dass diese Maschine nicht schon im Zweiten Weltkrieg zur Verfügung gestanden hat. Vielleicht wäre es ja damals gelungen, den Gang der Geschichte entscheidend zu beeinflussen und so viele sinnlose Tote zu verhindern.» Dann sei es ja wenig überraschend, im Hinblick auf den neuen Skandal, zu erfahren, dass der Code der Software, welche unter anderen bei den amerikanischen Wahlen eingesetzt worden sei, aus dem Besitz der Schweizer Post stamme und von ihr mitentwickelt worden sei.

«Sag einer an, jetzt geht aber richtig die Post ab,» meinte Erni engagiert. Ja wir Schweizer seien eben ein besonders erfinderisches Völkchen, ergänzte er etwas missmutig. Die Entwicklung dieser Software sei ja fast so bedeutungsvoll wie das Wissen um das Rezept für die Herstellung des würzigen Appenzeller Käse. «Ich glaube, du verstehst die wahre Tragweite nicht,» korrigierte ihn Stoffel geduldig: «Das ist so eine zwielichtige Software, mit der man Wahlen manipuliert und den gewinnen lässt, der am meisten bezahlt. Der Trump scheint dies zu wissen, und behauptet, die Wahl sei ein einziger grosser Betrug,» schloss Stoffel. Jetzt wolle er deswegen vor Gericht ziehen und erreichen, dass dem zu vorschnell jubelnden Biden der Sieg aberkannt werde.

«Nicht so vorpreschen,» ermahnte ich Stoffel. Biden sei doch noch überhaupt nicht offiziell gewählt. Es seien dies lediglich die Medien, die es behaupten. Die Medien zählten ja wohl verfassungsmässig noch nicht zu den Präsidentenmachern in den USA. «Wer gewählt wird, darüber entscheiden die Wahlmänner in den USA erst Mitte Dezember,» ergänzte ich aufklärend. «Egal,» meinte Erni, entscheidend sei doch, dass die Anwälte Trumps vors Oberste Gericht gehen und behaupten, dass der Betrug beweisbar sei. Vielleicht wissen die ja tatsächlich um den Betrug mit dem Code. Und dann seien die Wahlresultate vom 3. November ungültig. Dann sei es aber auch endgültig flöten mit dem guten Ruf der Schweiz, klagte Stoffel. «Du hortest wohl Bundesanleihen der Nationalbank und bist nur deshalb um ihren guten Ruf besorgt,» witzelte Erni.

Mittlerweile waren wir alle schon beim dritten Bier angelangt. Der Lautstärkenpegel in der Bar hatte zugenommen. Entsprechend chaotisch verlief die weitere Unterhaltung, denn mittlerweile hatten sich uns weitere Gäste zugesellt und hörten skeptisch mit. «Was sagt denn der Biden dazu,» wollte Erni wissen. «Ach der ist still und jubelt. Ist glücklich, gewonnen zu haben, und bereits daran, seine Vertrauensleute um sich zu scharen.»

«Wie kann man nur,» sinnierte Erni und meinte dann: «Ist doch ein riesen Stressjob, der Präsident von 52 Staaten und über 300 Millionen Menschen zu sein. Da hätte ich keine ruhige Minute mehr, und mit Jassen laufe dann gar nichts mehr.»

«Du musst deine Militärs und deine Soldaten nur möglichst schnell in den Krieg schicken, dann hast du Ruhe im Weissen Haus,» riet ihm Stoffel: «Und kannst deine müden Knochen gemütlich und ungestört auf dem präsidialen Pult ausstrecken oder mit einer netten Sekretärin fleurten.»

«Ach der bringt doch seine klapprigen Knochen gar nicht mehr auf den Tisch,» spottete einer zweideutig und vorlaut vom Nachbartisch herüber und bedeutete seinem Tischnachbarn mit entsprechendem Grimassenspiel, was er von dem Blödsinn hielt, den wir da so engagiert besprachen. Wohlweislich ignorierten wir den ungehobelten Besserwisser. «Ja richtig,» bestätigte ich den Stoffel. «Sogar die Industrie ist dann zufrieden gestellt. Mit nichts verdient man mehr Geld als mit der Herstellung von Kriegsmaterial,» ergänzte ich. Und an der Börse lache man sich ins Fäustchen, prosten sie sich mit schweissigen Händen zu und schliessen Wetten darüber ab, bei welchen

Aktien die Kurse im nächsten Jahr besonders stark steigen werden. «Schau einer her,» ertönte es abermals von einem der Nebentische: «Bist wohl ein Börsianer und verstehst das Geschäft.» Ich winkte lachend ab, zum Börsianer reiche es leider nicht.

«Und ihr zwei behauptet jetzt allen Ernstes, dass die Schweiz daran schuld sei, dass Biden gewählt wurde,» fragte Erni entrüstet. «Nicht schuld, aber sie hätte es verhindern können,» antwortete ihm Stoffel: «Überleg doch mal, die Schweiz, besser die Post, ist im Besitz einer Software, von der man weiss, dass sie nicht wirklich vertrauensvoll eingesetzt werden kann. Da hätte man doch einschreiten sollen. In der Schweiz wird sie übrigens genau aus dem Grund nicht verwendet. Da ist doch einiges faul im Staate Dänemark,» gab Stoffel zu bedenken. Zumindest hätte man die Käufer über die Mängel aufklären müssen, warf ich dazwischen: «Stattdessen verkaufen wir sie in alle Welt, wo machthungrige Generäle und korrupte Regierungen nach einer geeigneten Versicherung suchen, die es ihnen ermöglicht, bei der nächsten sogenannt demokratisch durchgeführten Wahl mit Sicherheit wiedergewählt zu werden.»

«Tschau Sepp,» platzte Stoffel plötzlich dazwischen, und legte siegreich sein letztes Blatt auf den Jassteppich. «Hast heute aber auch gar kein Glück,» wandte er sich siegesfreudig an mich. «Kauf dir besser diese Software,» vielleicht gewinnst du dann wieder. Das heisse dann wohl, dass beim nächsten Mal, wo wir uns treffen würden, der Trump wieder steche. Ernie und ich, die Verlierer dieser Jassrunde, beeilten uns, die Zeche zu bezahlen. Dann verliessen wir gemächlich die Bar.

«Was sind denn das für drei komische Käuze,» hörte ich beim Hinausgehen eine Stimme am Nebentisch fragen. «Ach das sind bloss drei alte Spinner, die hier ihre Zeit totschlagen und vermutlich immer noch meinen, dass man mit der Gotthardpost ins Tessin reist und die Erde eine Scheibe ist,» spottete ein anderer. «Düü daa doo, Postauto,» schrie uns ein Dritter grölend nach. Beim Pflegeheim warte man sicher schon ganz ungeduldig mit dem gelben Wägelchen auf unser Eintreffen: «Ab in die Klapsmühle, da gehört ihr hin!» Im Türrahmen drehte sich Erni kurz um und meinte trocken und gelassen: «Zieh die Maske über, Kumpel, sonst hauch ich dich mächtig an». In der Bar ertönte von allen Seiten her ein grosses Gelächter. Die verrohende Situation schien gerettet.

Trotz allem. Wir waren uns einig darin, dass unser nächstes Treffen in eine andere Lokalität verlegt werden müsse. Dann ging jeder zufrieden seines Wegs.

Stoffel und Erni hadern mit dem Tod

Nachdem wir drei Käuze das letzte Mal in Joe's Bar beschimpft wurden, einigten wir uns telefonisch für ein neuerliches Treffen auf den ‹Bären›. Da gebe es weiche Sitzbänke mit Kissenbezügen, lautete das Hauptargument meiner beiden Freunde. Die ideale Entourage für drei alte Männer, um bequem eine nächste Jassrunde in Angriff zu nehmen. Erni hatte sich im Nachspiel zum letzten Treffen ziemlich geärgert und schien selbst jetzt noch am Telefon verschnupft über die dämliche Anmache, die uns bei Joe's widerfuhr. Stoffel und ich versuchten Erni etwas zu beschwichtigen. «Hast dich doch dort grossartig geschlagen,» bestärkte ihn Stoffel. «Hattest den Mut, in die Tür zu stehen und die Bande zu verarschen,» alle Achtung dafür, erwies auch ich ihm den gebührenden Respekt. «Lasst gut sein, ich danke euch,» antwortete Erni. Er werde es überleben.

«Treffen wir uns übermorgen zum Jass also im Bären,» schloss er, und zu mir gesprochen ergänzte er, «Vergiss ja nicht, genug Kohle mitzubringen, wir spielen diesmal einen ‹Coiffeur› (spezielles Jass-Spiel nach eigenen Regeln), das wird dich so richtig Kohle kosten.»

«Warum denn erst übermorgen,» fragte Stoffel verwundert, «warum nicht morgen? Gibt es, ohne dass ich es wüsste, etwas gegen Bier am Mittwoch einzuwenden? Ist das etwa eine neue Corona-Zwangsmassnahme, die ich verpasst habe? Wenn ja, dann klär mich bitte darüber auf, bevor ich mir noch eine Busse einhandele.»

«Hast wohl in einem Anfall von Demenz bereits vergessen, dass wir den Alois morgen zu Grabe tragen,» erklärte Erni mit vorwurfsvoller Stimme an Stoffel gerichtet. Das war dem Angesprochenen nun peinlich und darum liess er die Stichelei unbeantwortet, denn der Alois hatte zwar nicht den gleichen Jahrgang, aber auch er war ein guter Bekannter von ihm gewesen. Von dessen Ableben zu erfahren, berührte auch ihn. «Ehrensache dass ich dich zum Begräbnis begleite,» versprach Stoffel dem Erni. So kam es, dass wir uns erst für Donnerstag zur nächsten Jassrunde verabredeten.

Irgendwie traf es sich rein zufällig, dass wir am Donnerstag zeitgleich am Eingang des Bären eintrafen. «Jungs, wir sollten uns bei der nächsten Olympiade 2021 in Tokio für den Synchronschwimm-Wettbewerb eintragen lassen. Wir hätten da wohl gute Aussichten auf einen vorderen Rang,» schloss er ironisch. Er wisse aber schon, dass dieser Wettbewerb ausschliesslich den Mädels vorbehalten sei, wies ich ihn lachend zurecht. «Synchron… was?», schaltete sich Erni neugierig dazwischen. «Oh du heiliger Tölpel,» hob Stoffel gewohnt lästernd an: «da schwimmt man im Wasserbecken schöne Figuren und das möglichst zeitgleich, eben synchron, und schliesst seine Vorführung mit einem Unterwasserhandstand ab.» Jetzt lachte Erni laut heraus: «Ich stelle mir grad vor, wie wir vierschrötigen Bäuchlinge in bunten Shorts händchenhaltend im Schwimmbecken verzückt nach Luft ringend Ringelreihe tanzen, verfolgt von den staunenden Blicken der holden Weiblichkeit.» Wir stimmten herzhaft in das

Lachen ein: «Wahrlich ein göttliches Bild», kommentierte Stoffel: «Fast so gut wie Kaffee und Kuchen.»

Da die Sonne schien und ich trotz der Abmachung wenig Lust auf einen Jass verspürte, schlug ich den beiden vor, einen kleineren Spaziergang in die nähere Umgebung zu unternehmen, viele sonnige Tage werde man dieses Jahr nicht mehr erleben. Ich war erstaunt, dass beide sich bereitwillig einverstanden erklärten. «Da ist dir jetzt gelungen, mich masslos zu überraschen,» wandte ich mich an Stoffel. «Lass gut sein, Grünschnabel, man muss nach gestern doch ganz froh sein, dass noch Leben in uns wohnt. Wir springen noch ins Land und tragen keinen Aschestaub an den Füssen,» erklärte Stoffel. Er sei ganz zufrieden, dass man ihn noch nicht mit den Füssen voran aus dem Haus zum Friedhof tragen müsse. Das sei nicht unbedingt seine Wunschwohnstätte.

«Ja, war wirklich kein erbauliches Erlebnis – gestern auf dem Friedhof. Einen Gottesdienst gab es nicht und wir waren die einzigen Trauergäste an der Urnenbestattung,» endete Erni seine kurze Zusammenfassung vom traurigen Anlass. Er sei sich leider nicht bewusst gewesen, dass der Alois allein in der Welt gestanden hatte; keine Ehefrau, keine Kinder, und offensichtlich wohl auch keine Freude – ausser ihnen beiden. Jetzt bereue er es beinahe schon bitterlich, nicht öfters in Kontakt zu ihm getreten zu sein und sich nie mit ihm verabredet zu haben.

Da werde man abgeholt und sterbe, und keiner komme, um sich angemessen zu verabschieden. Da sei man ja schon tot, bevor man richtig gestorben sei. «Wie abgeholt,» wollte ich wissen. «Ach das sagt man bei uns so,» meinte Erni: «Einer der Engel des Himmels ist gekommen und holt den Sterbenden ab.» «Schönes Bild,» kommentierte ich und erklärte dann: «Aber hört mal, vielleicht täuscht ihr euch ja. Das lag sicher nur an Corona, dass keiner kam. Die Leute sind dieser Tage stark verängstigt und scheuen öffentliche Treffen.» «Ja schon, mag sein, aber so gar keiner, das ist mager,» gab Erni mir traurig zur Antwort. Da müsse man sich wohl daran gewöhnen, dass die Welt vornehmlich von Desinteresse und Gleichgültigkeit geleitet werde.

Dann wandte ich mich wieder an Stoffel: «Warum schimpfst du mich Grünschnabel?» «Weil es zutrifft, bist doch beinahe ein Jahrzehnt jünger als Erni und ich. Wirst uns beide um Jahre überleben,» argumentierte er. «Und ich dachte schon, du findest tatsächlich, ich sei ein Grünschnabel,» lachte ich und versprach: «wenn es euch ein Trost ist, dann schwöre ich hier und jetzt, hoch und heilig, bei euren Begräbnissen dabei zu sein, falls ich euch tatsächlich überleben sollte.» Erni meinte, er wisse jetzt nicht, ob er sich darüber freue oder eher nicht. Ich müsse ihm versprechen, nicht in Jeans und Sandalen zu erscheinen und vorher noch zum Coiffeur zu gehen. Stoffel kicherte. «Nimm es Erni nicht übel,» es hat was gegen uns 68iger. «Gut,» versprach ich: «aber dann werde ich mir vorher die Haare blau färben, wenn ich schon zum Friseur soll.» Erni winkte ab.

Sei schon seltsam, sinnierte Erni murmelnd vor sich hin, kaum schliesse man die Augen, da sehen dich zwar alle andern, du selbst aber nimmst keinen mehr wahr. Man sei und sei gewissermassen auch nicht. Ob man daran denke, wenn man von der Ruhe der Toten spreche? Das sei doch Quatsch. «Wo das Gegenüber fehlt,» meinte er, «und alles in Eines fällt, da ist die Ruhe noch das Lauteste.» «Das heisst dann wohl, du bist mit blauen Haaren einverstanden,» versuchte ich Erni vergeblich abzulenken. Stoffel bedeutete mir, nicht weiter zu sprechen.

Er wandte sich an Erni, schluckte schwer und fragte: «Was ist jetzt in dich gefahren, Erni?» «Was meinst du,» fragte dieser und fuhr da weiter, wo ich ihn aus seinen Ausführungen gerissen hatte: «stimmt doch. Ist irgendwie metaphysisch, die Vorstellung, zu sein und doch nicht zu sein. Und dann, wenn du in der Grube liegst oder ernüchtert im Tonkrug abkühlst und verstaubst, dann ist plötzlich Schluss. Dann bist du doppelt nicht; weder wirst du gesehen noch siehst du.» «Jetzt hör aber auf,» wandte ich ein. «Markierst du hier einen auf Heidegger?»

«Oha, der Herr Philosoph,» merkte Erni auf: «Dann erklär mir doch mal diesen Widerspruch, wenn du schon alles besser weisst.» Es habe ihn innerlich ein arges Gruseln geschüttelt, als er sich dessen Allem an diesem trostlosen Begräbnis bewusst wurde. Verstehe er, bestärkte Stoffel den Erni. Die Abschiedsworte des Pfarrers seien belanglos und langweilig gewesen, «auch ich kam auf dumme Gedanken und wäre beinahe selber entschlafen,» schloss er. Erni und ich wandten sich gleichzeitig Stoffel schmunzelnd zu. Das sei dann wohl ein Freud'scher Versprecher gewesen – das eben.

Ich entschuldigte mich noch und erklärte, ich hätte nicht beabsichtigt, ihn zu beleidigen. Mich über ihn lustig zu machen, liege mir fern. Es sei aus meiner Warte eben bloss ein etwas ungewöhnlicher Gedanke, den er da zum Tod entwickelt habe.

«Stimmt doch nicht,» fiel Stoffel angriffslustig über mich her. «Der Einstein, na da der Albert eben, hat doch so was Ähnliches auch gesagt. Wenn du die Augen schliesst, dann wüsstest du nicht mit Sicherheit, ob der Mond jetzt scheine oder nicht.» Er täusche sich mit diesem versuchten Zitat in einem bescheidenen Punkt, korrigierte ich ihn. Der Einstein habe gesagt, der Mond sei da, auch wenn keiner hinschaut. «Ja vielleicht», gab Stoffel zu, vermutlich habe er das mit Schrödingers Katze verwechselt. Von diesem Gedankenexperiment habe er erst kürzlich in einer Dokumentation gehört. Erni meldete sich energisch zu Wort: «Hört jetzt sofort auf, ihr zu blond geborenen Dummköpfe! Katze, Mond, Schrödinger, Einstein. Was ihr den lieben langen Tag so unbedarft alles zusammenfaselt.»

«Ok Jungs, ist recht, ich gebe mich geschlagen,» versuchte ich zu beschwichtigen. Und zu Erni gewandt: «Du siehst das richtig, ich kann dir diesen Widerspruch auch nicht erklären.»

Erni stellte sich provozierend vor mich hin. Er wolle jetzt von mir wissen, wie ich mir den Tod vorstelle. «Es scheint tatsächlich ganz so, als ob wir heute den Totensonntag feierten,» wandte ich mich hilfesuchend an Stoffel. Doch dieser legte Erni schmunzelnd die Hand auf die

Schulter und zeigte an, dass auch er gerne erfahren würde, wie denn ich die Sache mit dem Tod anginge. Ich sah keinen Ausweg mehr und dachte kurz nach.

Es gebe ja reichlich Auswahl, wenn man sich unter den diversen Spekulationen über das Sterben und das darauffolgende danach umschaue. Da ich aber ein Zögling der quantenmechanischen Forschung sei, und Gefallen fände an der Vorstellung von Parallel-Universen, würde ich es begrüssen, nach meinem Ableben als Wesen mit wechselnden Persönlichkeiten zwischen den Welten zu surfen. «Das heisst, ich glaube an ein Sein nach dem Tod,» schloss ich und hoffte, die beiden würden nun Ruhe geben. «Und das war's auch schon,» fragte Stoffel offensichtlich enttäuscht von der Kurzfassung meiner Ausrede. Er hätte mehr von mir erwartet. «Ich weiss ja, dass ich nach meinem Ableben ins Paradies berufen werde, wo mich, wenn ich Glück habe, 72 Jungfrauen erwarten werden,» versuchte er mich aus der Abwehr zu locken. «Ja, wenn du ein Muslim wärst,» lachte ich. Da sei er aber froh, Christ zu sein, konstatierte mein Gegenüber. Er habe schon mit dem kleinen Dutzend an Frauen im Diesseits seine liebe Mühe gehabt. Drüben brauche er solchen Ärger definitiv nicht mehr. «Lass das bloss deine Hildi nicht wissen,» fiel ihm Erni ins Wort. Und fuhr dann fort: «Lass den Rick nicht so schnell von der Leine», indem er in meine Richtung zeigte: «Merkst du denn nicht, der will sich bloss um eine Antwort drücken.»

Ich musste lachen und fragte: «Bin ich so leicht durchschaubar?» Wir hatten uns auf unserem Spaziergang oberhalb des Dorfes auf eine Bank unter einer Eiche gesetzt. Diesen Umstand wollte ich mir zu Nutze machen. «Wenn ich im Hier und Jetzt eine Eiche sehe,» begann ich zu fabulieren: «dann fallen mir spontan Götter wie Wotan, Thor, Loge und viele andere ein. Wäre ich nun tot, dann hätte ich die Gelegenheit, mir eine Erfahrungswelt einzurichten, wo Menschen mit Göttern festlich am Tisch sitzen und Met trinken. Ich befände mich dann in der bevorzugten Lage mit Thor ins Albenreich runter zu steigen und mitzuerleben, wie Alberich den Rheinjungfrauen, listig das Gold raubt. Ich könnte mich ob den dummen Riesen freuen oder Brunhilde beim wilden Reiten beobachten. Und wohlgemerkt, alles nach Belieben.»

Hätte ich von den Germanen die Nase voll, könnte ich lückenlos in eine Parallel-Welt der Griechen, der Ägypter, der Perser oder Chinesen eintauchen und jedes nur vorstellbare Abenteuer angehen, als Held, als Verlierer, als reiner Zuschauer. «Das ist wie gutes Kino,» freute sich Stoffel händeklatschend, «da will ich auch hin!» Ein Ort, wo man alles mitmachen könne, wonach einem der Sinn stehe, ja, sagte Erni, sowas würde auch ihm behagen. Das klinge in seinen Ohren wahrhaftig nach einem lohnenswertes ewigen Leben. «Durchaus,» hackte ich ein, «die Ewigkeit dauert ja ziemlich lange, da wird einem schnell langweilig, wenn man keine Möglichkeiten hat, sich nachhaltig zu zerstreuen.»

«Durchaus, die Alternativen sind insgesamt wenig verlockend», erklärte Stoffel: «Im Geschäft mit dem Tod bewegt man sich auf fürchterlich dünnem Eis. Entweder es bricht und man geht unter und landet wohlbehalten im Paradies, oder man wird verbuddelt und wartet dann geduldig auf den Anbruch des Jüngsten Gerichts. Was Langweiligeres kann ich mir überhaupt nicht vorstellen.» Wenn er ehrlich sei, dann würden ihn beide Vorstellungen mit Grauen erfüllen. Erni hegte offensichtlich den Wunsch, auf den Boden der Wirklichkeit zurückzugelangen. Er brauste auf und meinte: «Ihr seid zwei Traumtänzer, zwar knorrig und rostig, aus der Übung geraten, aber Träumer halt.» Was man mit so verspielten Vorstellungen wolle. Das sei doch Quatsch. Wenn man sterbe, werde es Dunkel, Filmriss und Schluss, das sei es dann gewesen. «Auch nicht gerade berauschen viel, was dir zu dem Thema einfällt,» entgegnete ich Erni.

Wir einigten uns, dass es eine Qual sei, die Möglichkeit zu haben, über den eigenen Tod nachdenken zu können. Stellt euch vor, ihr werdet morgen hingerichtet, was da wohl für ein Horrorkino im Kopf abgeht. Da stirbst du nicht nur einmal, nein du stirbst in Etappen und jedes Mal wird es schlimmer, weil du weisst, dass es aus diesem Horror kein Entrinnen gibt. Wo denn da der Unterschied zu uns anderen sei. Wir wüssten doch alle, dass wir sterben müssten. Ja schon, nur gingen wir nicht davon aus, dass dies gleich morgen sein würde.

«Der Alois ist wohl ruhiger gestorben,» meinte Erni. Der Pfarrer habe gesagt, dass Alois zwar nicht an aber doch mit Corona gestorben sei. Alois habe Schmerzen erlitten und sich innigst gewünscht, abtreten zu dürfen. Stoffel meinte ärgerlich, das sei ihm persönlich kein

Trost, denn er wisse jetzt nicht, ob er sich darüber freuen dürfe, und ob dem Alois damit wirklich geholfen wurde. Das könne doch jetzt keiner mit Sicherheit sagen.

«Wieviele Steuern du dieses Jahr bezahlen musst, das weisst du aber hoffentlich noch,» wandte sich Erni etwas verärgert an den Stoffel. Er wünschte es sich für seinen Schulkameraden, dass dieser friedlich von seinem qualvollen Dasein erlöst worden sei.

Doch dann überwog in uns allen der Wunsch nach warmen Füssen, etwas wohligem Frieden, einem Schnapskaffee und einer mit Kissen bezogenen weichen Sitzgelegenheit. Wir machten uns zügig auf den Weg zum ‹Bären› zurück, wo wir uns alsbald wie im Paradies fühlten. Zum Jassen hatte keiner mehr Lust, so versprachen wir uns, das ein ander Mal nachzuholen.

Die Schafe da oben am Hügel

Beim Blick von meinem Arbeitsplatz aus sah ich in den letzten Tagen auf dem Hügel oben, direkt unter dem wechselnden Witterungen ausgesetzten Himmel, eine grosse Weideumzäunung, auf der sich eine Schafherde aufhielt. Bei Gehegen für Schafe setzen sich in meinem Kopf regelmässig seltsame Bilder und Gedankengänge frei: vom Goldenen Vlies, über das Opferlamm (symbolisch dann auch die alttestamentliche Geschichte um Kain und Abel), bis hin zum Agnus Dei, in der Bibel das Synonym für Jesus.

Na ja, Schafe sind zwar nützliche Tiere, aber ich gestehe, ich mag sie nicht besonders. Erst recht dann nicht, wenn sie für mein Dafürhalten in der sakralen Auslegung überhöht werden. Aber auch deswegen, weil ihr Herdentrieb dem von uns Menschen oft beispielhaft gleichgesetzt wird. Und das ist irgendwie peinlich.

Was mir sehr gefällt an diesen Tieren, das soll hier ebenfalls seine Erwähnung finden, ist ihr ausgeglichenes und sanftes Wesen sowie ihre Rolle als Wolle und Fleisch Lieferanten. Egal ob die Sonne vom wolkenlosen Himmel herunter brennt, ob die Landschaft an Farbkontrast verliert, weil der Himmel zugraut, oder ob es blitzt und donnert, die geduldigen, etwas einfältig anmutenden Tiere lassen sich durch nichts aus der Ruhe bringen. Sie suchen scheu stets die Nähe der anderen Schafe und formieren sich nach der Richtung des Leittieres. Das ideale Herdentier, dachte ich, weder revolutionär veranlagt, noch widerspenstig, wohl etwas stur, dabei aber immer gefügig und gleichsam synchron grasend nach dem Generalstaktstock der Herde.

Wohl aber dürfte man als Schafhalter gut beraten sein, ein ausbruchsicheres Gehege zu bauen, da diese Tiere in ihrem blinden Vertrauen schnell einmal in ihr Verderben rennen könnten. Ohne Hirte neigen sie dazu, sich zu verirren und folgen dann ängstlich und irgendwie närrisch geworden dem nächst vorderen der Tiere, auch dann, wenn der Weg über eine Klippe in den Abgrund führt.

Wir Menschen, jetzt kommt's und ich hasse es, sind wie Schafe, Herdentiere, stets in Abstimmung mit den uns umgebenden Mitmenschen, in der Regel bemüht darum, nicht aufzufallen oder aus der Reihe zu tanzen. Das betrifft unser soziales Verhalten sowohl wie unsere Meinungen, Ansichten und Überzeugungen. Angeblich soll es reichen, wenn fünf Prozent von uns in eine bestimmte Richtung laufen, damit alle anderen ihnen folgen. Das ist erstaunlich – aber wissenschaftlich geprüft. Nachdenken, kritisches Abwägen, dialektische Entscheidungsfindung sind zwar Hauptwörter und werden in jedem Sinn selbstbewusst gross geschrieben. Doch wie steht es damit in der Praxis? Da sind sie vernachlässigbar klein und meist sogar inexistent.

Propagandisten, Manipulatoren und Volksführer, wie sich jeder billig selber ausmalen kann, haben bei solcher Veranlagung der Mehrheit von uns Menschen ein denkbar leichtes Spiel, uns ihre eigennützigen Botschaften einzuimpfen. In dieser Verhaltensart steckt, neidlos zugestanden, sehr viel Potential, ganze Menschengruppen zu wenig erbaulichen Dingen zu missbrauchen.

Wenn unsere Politiker in der Öffentlichkeit Masken tragen, dann tun wir es ihnen vorbehaltlos nach. Das ist noch eines der harmloseren Beispiele. Wenn im Fernsehen aber Verhalten und Meinungen von bestimmten Menschen als Verschwörungsgut taxiert wird, richten wir uns bedenkenlos gefügig nach den Gutmenschen und sind den andern gegenüber misstrauisch und feindlich. Das führt schnell zu gesellschaftlichen Spannungen. So spaltet man verschiedene Gesellschaftsgruppen. Analog dazu treibt man auch Keile zwischen Nationen, Religionsgruppen und Menschen verschiedener Hautfarbe. Und letztlich zettelt man so auch Kriege an. Man versteht jetzt, warum ich an diesen lieben Tieren nur wenig Freude bekunde. Ich schüttle die schlechten Gedanken von mir und konzentriere mich gefliessentlich wieder auf meine Arbeit, die andern tun es auch.

Labyrinth der Täuschungen

Ich beurteile die Güte eines Messeplatzes nach alter Gewohnheit daran, ob er ein Spiegellabyrinth im Vergnügungsangebot führt. Fehlt es, so erlischt mein Interesse alsogleich. Unter diesem Aspekt betrachtet ist unsere Welt schon länger kein besonders vergnüglicher Ort mehr, doch das, unbescholten, nur so nebenbei. Spiegellabyrinthe sind für mich etwas ungemein Verlockendes. Sie entführen mich aus der Oberflächlichkeit des nur Hinsehens und Betrachtens und lehren mich, zwischen Sein und Schein besser zu unterscheiden. Sie stacheln mich in meinem Ehrgeiz an. Ich will mir immer einen Weg aus jedwedem Irrgarten bahnen. Zu einem wahrhaft metaphysischen Gruseln steigert sich meine Pirsch durch die unzähligen Spiegelbilder aber dann, wenn ich mir bewusst mache, dass ich in solchen Labyrinthen eigentlich immer nur mir selber begegne. Es entsteht dann die Illusion, als ob ich mir meinen Gang durch Zukunft, Vergangenheit und Gegenwart bahnen würde. Das sind die zeitlichen Dimensionen, die ich in meinem Spiegelbild sehe.

Verfügten wir, um das mal rein spekulativ zu verallgemeinern, über die Möglichkeit, den Zeitpunkt unseres Austritts aus solchen Irrgärten individuell zu wählen, dann wäre es durchaus spannend zu verstehen, wer wann und warum an einem bestimmten Zeitpunkt seines Lebens austreten möchte. Vielleicht, so denkt sich eine Person mittleren Alters, gewinne ich ja an zusätzlicher Lebenszeit, wenn ich einen Ausgangspunkt in meiner Jugend anwähle. Rein mathematisch möchte dieses Kalkül ja zutreffen, eventuell sogar aufgehen, nicht aber unter biologischen Aspekten. Wenn ich als Zwölfjähriger in mein früheres Dasein zurückfände, dann geschähe dies mit allen damit verbundenen Konsequenzen.

Es gingen die Erinnerung an das berühmte Schon-einmal-an-dem-Punkt-gestanden-Haben verloren. Es fehlten somit die unzähligen Erfahrungen, die man über die Jahre hinweg in sich angesammelt hatte. Es würde nichts gewonnen; ohne Erinnerung gibt es keine zusätzliche Lebenszeit. Und ohne das Bewusstseins Archiv an Lebenserfahrungen und daraus gewonnen Fähigkeiten wäre man nicht einmal in der Lage, einmal begangene Fehler für die eigene Person und Zukunft passend zu korrigieren – ganz davon abgesehen, dass man damit womöglich ein Zeitparadoxon schaffen könnte.

Ähnlich erginge es jenem mutigen Zeitreisenden, der seinen Ausgangspunkt in die Zukunft gesetzt hätte. Er tat es vielleicht aus Neugierde, um zu erfahren, was dereinst aus ihm und seinem Leben werden möchte und wie sich sein zukünftiges Dasein gestaltete. Sein Wunsch ginge zwar in Erfüllung, was ihm dabei aber fehlte, wäre das Wissen um den Weg und die Kämpfe, die er in der Vergangenheit bestreiten musste, um dahin zu gelangen, wo er sich jetzt hinkatapultiert hatte. Man sieht, worauf es hinausläuft: Egal ob man sich in die Vergangenheit oder in die Zukunft flüchtet, man verliert dabei einen Teil seines persönlichen Wesens, und landet immer nur wieder in einem speziellen Modus von Gegenwart.

Stellt man sich der Frage zeitlich nach dem Zuvor oder dem Danach, dann kann die Antwort nur lauten: «Man befindet sich nicht in der Lage, zweimal in denselben Fluss zu steigen, denn andere Wasser strömen nach.» Dies hat uns vor langer Zeit schon ein kluger Grieche, Heraklit, in seinen Fragmenten überliefert. Ob das übertragen auch auf die Pandemiesituation zutrifft? Denn es befinden sich viele Rufer draussen in der Wüste, die uns bedeuten, dass vor Corona nicht nach Corona sein werde?

Ist mir schon klar, Menschen, die uns vor der Zeit nach Corona warnen, meinen das natürlich recht alltagsnah, wirtschaftlich, politisch und sozial, was das Ganze dann auch so bedrohlich aussehen lässt. Sie warnen vor der weltweiten Verschuldung der Staaten, sie sehen Pleiten, Kündigungen und Massenentlassungen und sie befürchten, überall nur noch Armut und menschliches Darben anzutreffen. Wenn das die einzigen Perspektiven wären, die uns in diesen seltsamen Zeiten blieben, dann würde ich mehr als nur meine Lust an Labyrinthen verlieren.

Entscheidend für den Aufenthalt in einem Labyrinth ist doch der Genuss und das neugierige, uns immer wieder überraschende Erleben der vielen Fraktale von sich selber. Man kann dadurch die Freude an sich selbst zurückgewinnen. Indem man sich von allen Seiten und aus allen Winkeln begegnet, findet man sich in einem grösseren Verständnisrahmen wieder, und spürt dann sogar, wer man wirklich ist, falls das wichtig sein sollte.

Da wirbeln die vielen Wunschbilder von sich herum, denen man zeitweilig frönt; da schaut man die Fratzen, denen man lieber nicht begegnen möchte, und man sieht die Spuren des Lebens, die sich unmissverständlich in unseren Körper eingeschrieben haben. Vor allem aber lernt man den Unterschied zwischen dem Bild von sich und der eigenen Person kennen. Erst aus der Begegnung mit beiden entwickelt man das Gefühl und das Bewusstsein um sich selbst. Darum sollte man sich nie vor dem Durchlauf eines Labyrinths fürchten. Man bleibt, wer man ist, davor, währenddessen und danach, denn ein Labyrinth ist statisch und nichts Fliessendes. Corona mag gemacht oder Schicksal sein, uns wird es nur verändern, wenn wir das zulassen. Man sollte die Angst unterwegs liegen lassen und mit dem offenen Blick für die Schönheiten der Natur in die Zukunft aufbrechen.

Lebensfeindlich und krankheitsfreundlich

Ich bin im Unterschied zu früheren Jahren heute nicht mehr der Ansicht, dass es so etwas wie die eine Wahrheit, abseits der Philosophie oder Theologie, gibt. Die Erfahrungswelt lehrt uns, dass da viele kleine Wahrheiten sind, aber nicht mehr. Und es bedarf nicht immer eines leitenden Willens zur Macht, wenn man etwas tut. Manchmal reicht es, dass man einen tropfenden Wasserhahn reparieren will, um sich nicht länger ärgern zu müssen; dass man kocht, weil man Hunger hat und sich dabei noch zusätzlich Mühe gibt, weil man Gäste hat, welche es unserer Ansicht nach verdienen, mit etwas besonders Leckerem bewirtet zu werden.

Diese simple Aufzählung von Ansichten gilt sowohl für die gesprochene als auch für die geschriebene Sprache. Jemanden zu fragen, warum er spricht, warum er schreibt, ist nichts weiter als eine schlechte Angewohnheit. Es ist dasselbe, wie wenn man uns fragte, warum lebst du? Darauf gibt es keine zufriedenstellenden Antworten. Keiner von uns ist gefragt worden, ob er geboren werden möchte. Und keiner nimmt ernstlich an, dass sich dies jemals ändert. Wir Menschen verfügen über die distinguierten Mittel lebendigen Ausdrucks und darum nutzen wir sie – weil wir leben.

Bei vielem von dem, was wir als Lebewesen auf Zeit tun, weil wir es können, sind wir von der Lust geleitet: Wir pflanzen uns fort, wir essen, weil uns die verführerischen Geschmäcker entgegen duften und Speichel und

Magensäfte aktivieren; wir verwenden unsere Gliedmassen, wir gehen, wandern, reisen, weil es uns glücklich, zufrieden und entspannt macht; und wir sitzen zusammen, feiern, trinken, singen und debattieren, weil es schön ist, mit anderen zusammen zu sein. Diese wenigen Beispiele mögen reichen, um klar zu machen, dass es nirgends hinführt, jemanden zu fragen, warum er dies oder das tut. Es reicht, zu wissen, dass man es kann.

Natürlich gibt es spezielle Kontexte und situative Parameter, wo das eben Beschriebene nicht erschöpfend fasst, was ist. Wenn sich beispielsweise jemand hinstellt und eine Rede hält, weil er andere von seiner Lösungseinsicht in eine Problematik überzeugen möchte. Dies gilt vornehmlich für unser öffentliches Auftreten, für die Politik und die Wirtschaft, wo man gegebenenfalls als Spreader funktioniert (man spricht zu Zeiten von Corona viel von Superspreadern, die das Virus in hohem Masse verbreiten, darum diese undeutsche Begriffswahl).

Rein aus Vergnügen und purer Rhetorik sei darum hier die Frage in den Raum gestellt, ob man als Blogger oder als Journalist mehr zu sagen hat als andere? Kaum. Es gibt immer mal wieder unerwartete Ereignisse, die uns alle in irgendeiner Weise betreffen. Hier, zwar mandatslos, aber stellvertretend hinzustehen und die aufgefundenen Fakten darzulegen, damit sich jeder sein eigenes Bild daraus schafft, kann schon genügen, um sich gegenseitig spüren zu lassen, dass man nicht allein dasteht. Ohnehin ist es heute so, dass die grossen Probleme nicht im Alleingang gelöst werden können (die Tage der Universalgenies sind längst schon gezählt). Wenn wir einige davon lösen möchten, dann ist eines erforderlich, dass wir gemeinsam ans Werk gehen.

Bin ich ein Influencer? Nein, es bezahlt mich keiner dafür, was ich hier mache. Influencer kann einer nur sein, der viele Leser auf seinem Blog vereint, weil derjenige mit einer Botschaft aufwartet, die eine gewisse Anzahl von Menschen anspricht. Es gibt aber oft im Leben Gelegenheiten, wo man sich nur hinstellt und eine Flagge (seine Farben) in den Wind hält, um zu schauen, ob es da draussen andere gibt, die ähnlich denken. Gemeinschaftliches Denken und Handeln ist nachhaltiger, da es sich langsam entwickelt, dafür aber ausdauernder und unverbrüchlicher ist, da es von vielen getragen wird.

Bedrohungen durch die sich anbahnende Klimakatastrophe; der weltweit überbordende Verschleiss an Ressourcen zur sinnlosen weiteren Produktionssteigerung von Wirtschafts- und Handelsgütern; all die Kriegsverbrechen, die weltweit im Namen von Scheingerechtigkeit und Habgier begangen werden; und noch vieles mehr, das hier angeblich im Namen von Wohlstand, Gesundheit und Gerechtigkeit für uns gemacht wird, dies alles schreit nach Hinsehen. Das können weder ich noch du im Alleingang lösen. Das sind Jobs, die uns alle ohne Ausnahme erfordern, selbst dann, wenn es dabei keine gefüllten Lohntüten heim zu tragen gibt.

Eine Welt voller Krisenherde, wo massig Dreck verstreut herumliegt und die Böden vergiftet, aus denen wiederum unsere Früchte, die wir ernten und verspeisen, ihre Nährstoffe beziehen, wird durch diese Form der Verinnerlichung für uns alle in der Folge lebensfeindlich und krankheitsfreundlich.

Ich und Welt, das ist ein sprachliches Konstrukt. Wir sind die Welt und die Welt ist ich und du; und darum fühlt es sich schlecht an, wenn die Natur, die Welt und unsere Heimat in irgendeiner Hinsicht Not leiden. Dann kranken auch wir. Diese Krankheit bleibt lange verborgen, da sie oft erst im Spätstadium mit Fieber und Schmerzen einhergeht. Man täte gut daran, die Lebenswidrigkeiten der anderen stärker zu beachten. Es wäre ein erster Schritt zurück zu Empathie, Respekt, Nächstenliebe und Altruismus. Dafür würde ich in Kauf nehmen, als Influencer (zur Erinnerung: Superspreader) zu wirken. Dies wäre ein Einsatz für die wirklich wertvollen Gaben des Menschseins.

Aufgewacht! Mankind sucks! Trotz unserer wissenschaftlichen Brillanz nichts dazugelernt.

Wo bitte schön liegt der Unterschied zwischen einem, der am helllichten Tage mit einer angezündeten Laterne über den Marktplatz rennt und verzweifelt nach Menschen sucht und einem `zweiten, der öffentlich als Wahlversprechen bekannt gibt, dass er gewillt sei, den Sumpf auszutrocknen, wo es nichts als Asphalt gibt? Die beiden Fälle liegen gut 2500 Jahre auseinander, Diogenes von Sinope, antiker Philosoph, und Donald Trump, seines Zeichens amerikanischer Noch-Präsident. Zweierlei liegt dabei auf der Hand, der eine muss unbedingt blind sein, während der andere Dinge sieht, die uns Normalsterblichen verborgen sind. Der gesunde Menschenverstand sagt uns, dass sie dann wohl verrückt sein müssen.

Sollten wir auf solche Menschen hören und sie ernst nehmen? Friedrich Nietzsche tat es im Fall von Diogenes, jenem Typen, der in einem Fass mit Hunden hauste und all seine Bedürfnisse öffentlich auslebte; absolut geschmacklos aus heutiger Sicht betrachtet. Was Nietzsche an dem Spinner bloss toll gefunden hat? Schon von Plutarch wird über Diogenes anekdotenhaft überliefert, dass er Alexander dem Grossen, der ihn höflich fragte, wie er ihm helfen könne, geantwortet haben soll, er möge doch bitte beiseite und ihm aus der Sonne treten. Das beeindruckte Alexander, (war es wirklich der Grosse) so sehr, dass er geantwortet haben soll, wäre er nicht Alexander, er sich wünschte, Diogenes zu sein.

Über Donald Trump wird täglich berichtet, vielleicht mehr als vielen von uns lieb ist. Damit erübrigt sich die Frage nach seiner Wichtigkeit, warum sonst findet er sich in den Schlagzeilen weltweit. Und Anekdoten kursieren auch über ihn. Er trifft und traf grosse Menschen, Putin etwa und Xi Jinping, den Staatspräsidenten der Volksrepublik China. Die Frage danach, wer wen sein möchte, die lassen wir hier mal lieber ausser Acht.

Doch aufgepasst! Da ist noch mehr. Diogenes, verrückt, wie er uns von Nietzsche in seinem bedeutenden Aphorismus ‹Der tolle Mensch› dargestellt wird, hat eine unglaubliche Botschaft an uns Lebende: Gott sei tot und wir hätten ihn umgebracht.

Was sind wir doch für coole, mit übermenschlichen Kräften reichlich ausgestattete Typen, dass wir solch Verrücktes vermochten. Doch sind wir auch in der Lage, die Konsequenzen dieser unsäglichen Tat abzuschätzen und zu ertragen? Friedrich Nietzsche hegte da dann doch seine berechtigten Zweifel.

«Yes we can» behauptete hingegen Obama; «wir schaffen das», ermutigte die Merkel ihre Landsleute. Beide hatten dabei zwar andere Beweggründe und äusserten sich so in ganz anderen Zusammenhängen, dennoch setzten sie Zeichen grossen Vertrauens in die Nation. Alles klar, wir sind also auf guten Wegen.

Was soll denn die Rede vom Sumpf, der ausgetrocknet werden müsste? Wie konnten Obama und dessen Vorgänger im Präsidentenamt diesen Sumpf nicht gesehen haben? Und was sieht Trump, wofür auch uns die Augen fehlen? Sagte ich wir? Stimmt nicht ganz. Trump hat eine Vielzahl von Followern, nicht nur auf Twitter. Und die sprechen auch gerne von sich als den Aufgewachten oder den Patrioten, wenn sie sich anschicken, uns Blindgängern die Bedeutung von Trumps Absichten darzulegen. Von Obamagate, von Pizzagate, wohl auch von Coronagate und von Deep State orakelt man, wenn vom Sumpf gesprochen wird. Hand aufs Herz, damit sind wir um keinen Deut schlauer. Aber eben, uns fehlen die Augen dazu.

Was ich bisher verstanden habe, ist, dass uns ein Vögelchen namens Q aus dem Internet seit vier Jahren nette Versprechungen zwitschert, so wie das mein Kanarienvogel tagtäglich bei meinem Eintritt in die Wohnung von seinem Käfig her auch tut – nur schöner.

Es möchte gut sein, dass sich unsere Medienhelden, Trump, Putin und Co, weltweit täuschen. Vielleicht überstieg der Mord an Gott dann doch unsere Kräfte. Bei seinem Tod erlosch die Sonne, und seither leben wir womöglich von den Ressourcen, die wir bis zu seinem Ableben in seinem Lichte angesammelt hatten.

Die neuen, von uns kreierten Ersatzsonnen machen das verlorene Licht in keinster Weise wett. Die neuen Leuchtquellen sind schlicht zu grell, sie schädigen unsere Haut und trocknen die Böden aus. ‹Die Wüste wächst› prophezeite uns schon Friedrich Nietzsche zum Ende des vorigen Jahrtausends. Kein Wunder sehen wir so schlecht, denn in weiten Teilen der Welt hat sich der Himmel über uns wegen dichter Dunstglocken verdunkelt, vorab in industriereichen Gebieten. Die Nahrung, welche für uns elementarer als jeder Sumpf ist, wächst aus genmutiertem Saatgut, wird in Tonnen von Plastik verpackt, transportiert und verkauft und hat auf diesem Weg viele seiner gesundheitsförderlichen Eigenschaften bereits eingebüsst.

Wenn Diogenes wie ein armer getretener Hund, einsam und verspottet, in einer Tonne auf dem Marktplatz lebte, dann tat er das freiwillig. Nicht so die vielen Menschen, die im Vergleich dazu durch die immer grösser werdenden Maschen unserer Sozialnetze hindurchfallen. Gibt es für sie und all die unzähligen Kinder, die tagtäglich weltweit an Hunger sterben, auch einen Zwitscherer, der Versprechungen macht und Hoffnungen weckt? Ob Herr Trump diesen Sumpf meint?

Wer ehrt die Millionen von Toten aus all den sinnlos geführten Kriegen und wer entschuldigt sich bei deren Hinterbliebenen für das Elend, das dadurch geschaffen wurde? Es fehlte uns dazu weder an Geld noch an den lebenserhaltenden Ressourcen, wir sollten uns nur anschicken, endlich beides besser zu verteilen.

Mankind sucks! Wir haben in all den Jahrhunderten trotz der wissenschaftlichen Brillanz unserer Köpfe nichts dazugelernt. Wir sind immer noch auf dem Zerstörer Trip, und die Muster unserer Fehlfunktionen sind dieselben geblieben. Wir lassen uns auch heute noch von Mami und Papi bei der Hand nehmen. Wir schauen vertrauensvoll an ihnen hoch und plappern vergnügt vor uns hin, während sie uns in die nächste Bredouille führen. Eigentlich bräuchten wir längst keine Führerfiguren mehr, wenn jeder von uns, gleich einem Diogenes, vor seiner Haustür

Einfluss nimmt, die Verhältnisse und die daraus sich entwickelnden Probleme kennt und darum auch weiss, was zu tun ist. Man nennt es mündig, erwachsen, reif, wahrhaft und verantwortungsvoll werden.

Sehr gerne, Mister Präsident, lass uns diesen Sumpf austrocknen, und Sie werden sehen, der Rest klärt sich wie von selbst. Sagen Sie bloss, dass Sie nichts davon wissen. So hat wohl jeder von uns seine toten Winkel und blinden Flecken.

Singt uns nicht länger
das verführerische Lied vom Tod

Sirenen sind alles andere als liebliche Wesen. Sie sollten auch nicht mit den verführerischen Meerjungfrauen verwechselt werden. Sirenen sind Verderben verbreitende Todesdämoninnen – Mistviecher halt. Locken ihre Opfer durch magisch schöne Gesänge zu sich, reissen sie dann in die Meerestiefen, wo sie kläglich ersaufen oder durch den starken Wasserdruck verenden.

In der griechischen Mythologie gibt es unterschiedliche Angaben, woher sie stammen. Als Vater wird meist der Flussgott, Acheloos, oder der Meeresgott, Phorkys, angegeben, und als Mutter wird bei Euripides Gaia, die Erdgöttin, genannt. Gut dass niemand von uns Sterblichen sich solch missratener Kinder schämen muss.

Überlieferungen zufolge sollen es drei Sirenen gewesen sein. Und je nach Quelle variieren ihre Namen: Himeropa (die sanfte Stimme), Molpe (das Lied), Peisinoe (die Überredende), Thelxiope (die bezaubernde Stimme), Ligeia (die Helltönende) oder Leukosia (die Weisse). Was mich an diesen Geschichten interessiert? Ganz einfach: Mich fasziniert die Gabe, wie im vorliegenden Fall, in der Lage zu sein, Menschen einzig über die Schönheit des Gesangs zu verführen – Genealogie und Namen sind mir dabei zweitrangig und vernachlässigbar.

Doch lösen wir uns von der Antike und kehren auf den harten Grund der Realität ins Jahr 2020 zurück. Denn auch im Hier und Jetzt, so bin ich überzeugt, gibt es Sirenen – und ich würde mir mit allem Nachdruck wünschen, dass sie damit aufhören, uns ununterbrochen das neuartige Lied vom Tod zu singen. Ihr wisst schon, welches Lied genau ich damit anspreche. Man hört ja seit Mitte März 2020 nichts anderes mehr: Corona hier, Corona da. Und besonders einprägsam ist der Refrain dieses Songs: Waschen Sie regelmässig die Hände, bleiben Sie zuhause, üben Sie sich in Social Distancing. Alles klar, aber wer hört schon auf mich.

Seit einiger Zeit, wenn ich meinen suchenden Blick durch den verhangenen Alltag schweifen lasse, dünkt mich, dass da draussen aktuell eine grosse Anzahl Verführter – getrieben asthmatisch – herumirrt. Solche also, die vermutlich ausnahmslos den Verlockungen verzaubernder Gesänge bereits erlegen sind und erfolgreich mundtot gemacht wurden. Darum nochmals mein Wunsch, stoppt dieses Singen. Es reicht.

Man erkennt die Mundtoten an ihren besonders farbigen Stoffresten, die sie sich um Mund und Nase gebunden haben. Wie konnten sie dabei bloss die Ohren vergessen? Zuweilen ertappt man sie, wie sie uns ‹Normalos› verängstigt begegnen und sich schüchtern, buckelnd und schleppend an uns vorbeischleichen – schliesslich tragen wir keine Masken, weshalb sie sich darüber hinwegtäuschen lassen, dass es uns gibt. Ich will es jetzt nicht übertreiben, denn wenn da draussen tatsächlich ein tödliches Virus sein Unwesen treibt, tun wir gut daran, es unschädlich zu machen. Man sollte es testen, vielleicht hört das Virus ja gerne Musik und ist, wie wir, auch empfänglich für die Botschaft des Liedes vom Tod. Dies verschaffte uns die Möglichkeit, die leidige Maskenpflicht wieder rückgängig zu machen.

Vielleicht ahnen sie schon, dass es womöglich ohne Maske wesentlich einfacher ist, offen und direkt mit unseren Mitmenschen zu kommunizieren. Dass es nicht unsere Sache ist, quasi hinter vorgehaltener Hand einander unanständige Dinge zuzuflüstern und uns dabei die Schamröte im Gesicht mit einer Maske zu verdecken. Wir sehen zwar aus wie immer, in den Augen der Maskenträger aber mögen wir Masern oder gar Pestbeulen an uns tragen. Wer nicht ausschaut und sich zittrig verhält wie sie, sich stets nur vor der grossen Krankheit, dem klitzekleinen Virus auf der Flucht befindet, eingekerkert in Wohnungen oder hinter verriegelten Autotüren lebt, der stellt für sie und ihr schwaches Weltbild eine Gefahr dar. Ich nehm es ihnen nicht übel, man hat sie lange genug refrainartig darauf trainiert.

Bei Lichte betrachtet ist dies jedoch nur dummes Zeug und das Resultat einer Massenverblendung, und hier ist sie die Verbindung zur griechischen Mythologie, ausgelöst durch Zaubergesänge, welche ihnen über alle verfügbaren Kanäle der modernen Medienwelt durch den Äther geschickt und eingeträufelt werden. **Es ist ihr Lied vom Tod**, ihr Nummer-1-Hit der Saison 2020, welcher sie hoffen lässt, auf der sicheren Seite der gesellschaftlichen Herausforderung zu stehen.

Ich muss es an dieser Stelle unbedingt anbringen – ist ein unglaublicher Soundtrack. Wer möchte da nicht weich werden und sich freimütig den Kälteschauern hingeben, die euphorisierend das eigene Rückgrat hinunter graupeln, wenn man uns das Lied vom Tod spielt. Aber deswegen sich gleich infizieren lassen? Geht das nicht zu weit?

Klaro, was verstehe ich schon von der Kunst des Gesangs. Ich kenne zwar die Schauer, nicht aber das Verderben, das mit diesem wundersamen Gesang einhergeht. Auch wenn Mundharmonika ‹Charles Bronson› keine Sirene ist, Ennio Morricones Trauerhymne hingegen möchte wohl nahe an deren Gesangskünste heranreichen; so kann ich es halbwegs verzeihen, wenn einer sich dennoch infizieren lässt, doch deswegen gleich sterben? Wo bleibt da die Freude auf ein nächstes Mal ‹Spiel mir das Lied vom Tod›? Sterben muss nicht sein, geht mir entschieden zu weit.

Unverzeihlich jedoch, und das steckt halt auch im Gesang der Sirenen, ist der uns zugefügte Verlust an Selbstkontrolle. Wir Infizierten werden augenscheinlich nicht nur überängstlich, schwach und voreingenommen. Der Gesang scheint direkt und ungebremst auf unseren wachen Verstand einzuwirken, schafft Verwirrung und rückt die Dinge dieser Welt in ein schiefes Untergangslicht, als ob die Sonne wie eine vom Wind getriebene Jolle dem Horizont entlang dümpelte, ziellos, irregeleitet und über den Rand der Erde segelnd – als hätte es Columbus nie gegeben. Es soll ja immer noch recht viele Verrückte geben, die glauben, dass die Erde eine Scheibe sei. Da sei die bescheidene Frage erlaubt, welche Schule diese Menschen besucht haben.

Nur am Rande vermerkt, ich liebe den Konjunktiv über alles. Er erst gibt uns die Möglichkeit, Dinge zu nennen, die sein könnten oder nicht, ohne sich zwingend festzulegen. Man muss dieser Tage im Umgang mit der Wahrheit vorsichtiger sein als sonst. Sie wurde ja schon lange philosophisch als perspektivisch behaftet abgetan. Und momentan wird von vielen nicht so geschätzt, wenn Dinge an- und ausgesprochen werden, die verpönt, tabuisiert oder verboten wurden. Es entstehen dann schnell Dissonanzen und sonstige atmosphärische Störungen, die entzweien und zwischenmenschliche Distanzen schaffen, da, wo man sich sonst herzlich begrüsst, umarmt, angeregt miteinander spricht und sich hinterher wieder mit den wärmsten Verabschiedungen gegenseitig entlässt. Vielleicht täte man besser daran, sich zu überlegen, wer und mit welcher Absicht geistige Exklaven künstlich ins Dasein hinein konstruiert. Solche Exklaven nennt man für gewöhnlich Zensur und in schlimmeren Fällen des Krankheitsverlaufs sogar Meinungsdiktatur.

Früher hätte ich naiverweise gesagt, Zensur gebe es nur in sozialistisch-kommunistischen Ländern, nicht aber in Demokratien und schon gar nicht in der Schweiz. Heute beurteile ich die Lage etwas anders: Es gibt sie überall, denn Staatsformen sind irgendwie obsolet geworden und können gewechselt werden wie Kleidungsstücke zur Narrenzeit. Welches Gesicht, welche Gesinnung und welche Uniform man trägt – kurzum, wes Kind man ist – hängt ganz von den Vorlieben der jeweiligen Machthaber ab. Es gibt immer und überall Menschen, die ein entsprechendes Interesse verfolgen, dass Dinge nicht ausgesprochen oder ans Tageslicht gezerrt werden, die ihrer Ansicht nach da nicht hingehören. Meistens lohnte es sich, in solchen Fällen nach dem Warum zu forschen. Doch dabei hat so manch einer schon sein ihm liebgewordenes Leben verspielt. Nicht jeder ist ein Bronson, der selbst am Galgen noch mit stechendem Blick und seiner Maulorgel im Mund die altbekannte verführerische Melodie vom Tod spielt.

Jetzt kommen die Sirenen wieder ins Spiel, welche als Zwischenwesen die Aufgabe ihrer Herren übernehmen, uns unerhörte Dinge ins Ohr zu flüstern. Sie reden in blumigen Metaphern, wählen den Konjunktiv als bevorzugte Ausdrucksweise, um uns seltsame, irreale Dinge einzureden. Und wenn dann nichts wirklich helfen will, uns von ihren Dummheiten zu überzeugen, dann greifen sie zum letzten ihnen verbleibenden Mittel, dem unerhörten Zaubergesang, der uns vollends um das Quäntchen Restverstand bringt, dessen wir noch habhaft waren. Ich wüsste da Rat, ihr solltet euch der Masken entledigen und stattdessen zu Oropax-Wattebäuschel überwechseln. Manchmal, und dass muss hier unbedingt auch noch nachgetragen werden, ist es nicht wirklich die Schönheit, sondern die Lautstärke des Gesangs, die uns Schaden an Leib und Seele zufügt.

Über Qanon und andere Endlosgeschichten

Mein Sohn würde zur aktuellen Situation sagen: «Im Moment drehen sie grad alle am Rad.» Meint: Viele Menschen scheinen verwirrt und leicht durchgedreht oder wissen nicht, um wie viel dümmer es sonst noch geht. Man könnte einwenden: Klar, kein Wunder bei dem ganzen Corona-Theater, das immer wieder überraschungsgeladen vor unseren Augen neu inszeniert wird. Das Pandemie-Skript wird täglich weitergesponnen. Wie heisst die Serie doch gleich? Könnte billig auf Netflix gestreamt werden: «Und immer wieder besucht uns Covid.» Sind sich doch alle ähnlich, diese Seifenserien: Als wär es die Geschichte einer stark zerstrittenen Familie auf der Suche nach Harmonie und Eintracht. Keiner in der tollen Stadt kann helfen. Eines fehlt – ein Held muss her und wird darum dringend gesucht.

Natürlich ist jeder in dem Stück ein Held, gibt sein Bestes und versucht auf nicht unbescheidene Art, die Dinge in die gewünschte Heils-Richtung zu lenken. Die Bösen gibt's aber auch; es sind dies der Bürgermeister und seine von ihm rekrutierten Helfershelfer. Man weiss nicht, wie es ausgehen wird, gewinnen die Guten oder die Bösen? Folge um Folge leiden wir mit den Beteiligten und nehmen empathisch Anteil an ihren immer neuen Schicksalsschlägen. Aber leider werden wir stets von Neuem enttäuscht und müssen uns mitansehen, wie die Guten vermeintlich kurz vor der Versöhnung von einem durchtriebenen Ränkespiel der Handlanger des Teufels abermals auseinander gespült werden und in einem Sturm der Verzweiflung von Emotionen verschlungen unter zu gehen drohen.

Da wollen zwei liebende Herzen sich küssen, und schon erscheint ein Verkehrspolizist und drückt den beiden einen Strafzettel wegen Beamtenbeleidigung in die Hand und eine Maske ins Gesicht. Zwei andere gehen Hand in Hand am Boulevard der feuchten Einkaufsträume flanieren, da taucht aus einer Seitengasse eine wilde Horde Maskierter auf. Sie reissen das Paar gewaltsam auseinander und vertreiben es mit derben Fusstritten in entgegengesetzte Himmelsrichtungen. Die Empörung ist riesig. Dagegen muss man sich auflehnen. Geht doch gar nicht. Wer lässt sich denn freiwillig und widerstandslos so behandeln! Und wo bleibt denn bitte schön die Polizei? Doch halt, nicht so vorschnell und kopflos. Es gibt jetzt gegen fast alles eine passende Impfung. Endlich.

Dann kehrt Ruhe ein. Auf den Strassen patrouillieren fast nur noch Uniformierte. An den Kreuzungen stehen Panzerfahrzeuge in Wartestellung. Motor starten und los kann es gehen! Von Zeit zu Zeit hallen Gewehrsalven in den Häuserschluchten. Über Brücken, grossen Plätzen, bei Bahnhöfen, Flughäfen und weiss der Kuckuck noch wo kreisen Helikopter, versprühen Wolken von sedierenden Aerosolen in die ölige Luft. Und von Zeit zu Zeit jagen mit ohrenbetäubendem Lärm Aufklärungs- und Abfangjäger durch den Luftraum der Stadt. «Manöver» poppt auf den grossen Leuchttafeln an den Hausfassaden auf. Nur zu unserer eigenen Sicherheit, versteht sich. Gespenstisch fürwahr! Wer noch zu flüchten vermag, der versucht es. Hurtig, schnell! Rennt zum Bankomat, um sich mit Geld einzudecken; aber wisst ihr was, der Geldautomat zieht alle Karten automatisch ein, und an der Tür steht auf gelben Klebern geschrieben: «Auf unbestimmte Zeit geschlossen.» Welch ein Dilemma! Irgend so ein Dummkopf hat wohl versucht einzubrechen.

Man weicht aus, braucht Rat, Verständnishilfen, will dazu in die alternativen Medien eintauchen und möchte die einschlägigen Youtube-Kanäle im Internet aufrufen. Denn die Angst und der Erklärungsbedarf sind riesig. Dem Deep State passt das heut grad nicht. Man dreht uns den Strom ab, denn digital, das geht gar nicht, denken sie sich – doch da lachen wir nur, wozu haben wir teure Laptops mit toller Batterieleistung gekauft. Und damit hängen wir uns nun erwartungsfroh ins Netz, um nach Gleichgesinnten, nach Ideen und Strategien zu surfen. Irgendeinen Ort gibt's immer, wo man hin flüchten kann, um sich endlich wieder sicher zu fühlen. Aber leider, und das bricht uns endgültig das Genick, einloggen geht nicht. Da hat man uns eben auch das Internet geklaut und den Strom für den Fluss von Bits and Bites abgewürgt.

Jetzt scheint alles zerstört und nichts ist geblieben, woran wir unsere Person, unseren Stolz, die guten Gefühle und unsere Würde hängen könnten. Ohne Geld, ohne Familie, ohne Freunde und Gleichgesinnte – wer sind wir da noch? Die Arbeit ist futsch, die Fabriken geschlossen und die Suppenküche an der Ecke wurde sabotiert. Schluss mit der Nächstenliebe! Bleibt zuhause!

Es grassiert nur noch die Angst und nackte Verzweiflung. Was soll aus uns werden? Viele ertragen dieses Elend nicht länger und bringen sich um. Andere, längst schon geschwächt und hoffnungslos, werden krank und sterben an der Seuche. Und besonders zahlreich sind die Verwirrten und Irren, die gehetzt und kreischend durch die Strassen rennen, unberechenbar sind und alles nur noch erschweren, bis sie von bewaffneten Ruhestiftern niedergestreckt werden.

Welch schreckliche Dystopie! «Z-Nation», «Blacklist», «Black Mirror» und «The Walking Deads» sind sanft-süsse Gute-Nacht-Geschichten dagegen. Man fragt sich nachgerade ernüchtert, wer sich diesen Bockmist bloss ausgedacht hat. Und warum zum Teufel, ziehen wir uns den Quatsch denn rein? Alles, was es von uns braucht, ist lediglich den Ausschalter zu betätigen.

Nur gut, gibt's da noch die anderen, nicht minder erbaulichen Endlosgeschichten, etwa die von Trump und den aufrechten Patrioten und ihren unzähligen Followern unter der Orakelführung des allwissenden Qanon. Der Junge hat's echt drauf, weiss zu allem stets das passende Zitat und findet ermunternde Worte an die Adresse der Patrioten: «Seid gut aufgehoben und vorbereitet.» Bloss gut hat Trump diesen Q auf seiner Seite. Damit verbleibt ihm zumindest eine kleine Chance, im November noch einmal gewählt zu werden.

Da erinnere ich mich an eine längere Reise in jüngeren Jahren, zu einer Zeit, als alles noch normal war. Wir dümpelten mit einem Pontiac kreuz und quer durch die USA.

Das Leben war herrlich, die Musik überwältigend laut und die Landschaft phänomenal. Und jeden Abend, wenn es Zeit wurde in den Schlafsack zu kriechen, erzählte ich meinem gerade mal sechsjährigen Sohn eine eigene Endlos-Geschichte. Sie handelte schlicht vom Büsi und vom Kater und ihren unglaublichen Erlebnissen auf ihrer langen Fahrt über die endlosen Geraden quer durch die Wüsten Arizonas. Offenbar war ich gut im Erzählen, denn am anderen Tag beschäftigten uns Büsi und Kater auf der Weiterfahrt von neuem. Was sie aktuell wohl gerade erleben, was sie vorhaben – wir spekulierten und ich versprach, dass der Kater es mir vor dem Abendessen betimmt noch verraten würde.

Mir scheint, wir brauchen solche Geschichten. Egal wer sie erzählt und ungeachtet des Inhalts, Hauptsache man dichtet an ihnen weiter und spinnt sie solange fort, bis es eine neue Geschichte braucht, die uns fortan zu fesseln vermag.

Als Regenbogen
in einem Traumfänger gelandet

Wäre ich ein Arzt, dann würde ich mich in diesen verrückten Tagen und Wochen nach neuen Heilmitteln und Gesundheitsverfahren umsehen. Ich habe grosses Verständnis für jeden, der zurzeit zum Schlafwandeln neigt. Grenzübertritte sind nicht immer einfach und könnten angesichts einer zweiten Corona-Welle weit schneller als gefürchtet in einer neuen Schliessung und Quarantäne enden. Als Schlafwandler, was hier metaphorisch zu verstehen ist, funktioniert vieles einfacher. Es ist bekannt, dass man selbst Zöllnern in der Ausbildung beibringt, dass die wandelnden Schläfer unter keinen Umständen zu wecken sind. Taugt somit als simples Mittel, unerwünschte Gesetze listig zu umgehen. Ärzte werden sowas zwar nicht befürworten, aber egal, manchmal hat das persönliche Wohlbefinden Vorrang.

Vielen Krankheiten rund um einen gesunden Schlaf sind durch etwas alternative Medizin oder rituelle Handlungen heilbar. Indianer beispielsweise zierten ihren Tipieingang oder ihre Fellbettstatt mit einem Traumfänger. Diese oft reich verzierten, geschickt und individuell hergerichteten Kultgegenstände zeichnen sich durch Kräfte aus, schlechte Träume und vermutlich selbst Wachträume, einzufangen und nur die dem Wohlbefinden zuträglichen Traumvibes durchzulassen. Vielversprechendes Tool, alt aber revolutionär! Ein durchaus empfehlenswertes Instrument der Schlafförderung, wenn es darum geht, uns alle, die wir oft unter Alpträumen und im Wachzustand zusätzlich unter massiven Angstzuständen leiden, wieder zu kurieren.

Der industrielle Arbeitgeber beispielsweise, dessen Augäpfel zuerst geblendet sind von unverschämten Dollargewinnen und deshalb dann die Herstellung seiner Kleiderproduktion nach Asien auslagert. Man hat es ihm vorgerechnet, und er verstand die Botschaft. Das bietet Vorteile. Es gibt im Osten kaum die Sparkreativität hemmenden Staatsgesetze; das Personal im asiatischen Raum ist fleissiger, jünger und vor allem bescheidener, was die Lohnerwartungen anbelangt. Doch nichts ohne persönliche Opfer! Schon bald sieht unser cleverer Geschäftsmann zunehmend übermüdet aus und wird ein von Schüttelfrost geplagter Benzodiazepine-Süchtiger. Andere schwören in dieser Situation eher auf wiederholte Besuche einer Opiumhöhle. Kostspielige Therapien, medizinischer und psychologischer Art, folgen. Dabei hätte dem Manne doch kostenbewusster, mittels eines Traumfängers, geholfen werden können. Er hätte eben mich in sein Beraterteam berufen sollen. Das schlechte Gewissen wäre ihm kultgebunden erspart geblieben. Schade, schade, der Mann ist jetzt ein Wrack, von Frau und Kindern verlassen, dem Billigschnaps verfallen und von einer Leibrente abhängig.

Und überlegt mal, wie es all den karrieregeilen abgebrühten Bankern ergeht, die schon lange, allzu lange keinen Schlaf mehr finden. Zuerst, weil sie zu intensiv arbeiteten und so an ihrer Gesundheit massiv Raubbau getrieben haben. Später greifen sie zu Koks, um weiterhin leistungsfähig zu bleiben, die ganzkörperlich sie beeinträchtigende Übelkeit zu vergessen und die Verzweiflung über den allmählich sich abzeichnenden Bankrott zu vertreiben. Für einige Zeit hilft ihnen das Doop (Umschreibung für aufputschende Drogen), um dem miesen Sexgeschäft zu frönen, das man eigens für VIPs weltweit im Angebot führt. Aber hei, solch erpresserische Institutionen kennen zuweilen überhaupt keine moralischen Grenzen mehr, was den Menüplan der Praktiken anbelangt. Aber zu spät, es nützt jetzt alles nichts mehr, und der arme, von falschen Vorstellungen und Träumen in die Irre geleitete Mann wählt den Freitod. Es gibt anschliessend ein Prominentenbegräbnis, der Priester, der den Verstorbenen kürzlich bei seinem eigenen Besuch in einer der unmoralischen Institutionen angetroffen hatte, zieht alle Register seiner vergoldeten Glaubensorgel. Die Anwesenden sind gerührt und weinen Krokodilstränen. Etwas abseits steht indessen unser Arzt, kopfschüttelnd, lachend mit einem Traumfänger in der Hand.

Und was ist mit all den bedauernswerten Politikern, in ihren mausgrauen Massanzügen und den roten Schlipsen? Täglich sind sie von lauter unter Mundgeruch leidenden Souffleuren umringt. Herr erbarme dich ihrer, sie werden versteckt hinter der Maske an ihrer eigenen Ausdünstung ersticken. Es sind diese Einflüsterer, die unsere Politiker irreleiten – sie zu profitablen Waffengeschäften anstacheln. Am Anfang reisen sie rund um den Globus von einem wichtigen Kongress zum nächsten zwingenden

Krisengipfel. Und warum das? Weil sie sich da für einige Stunden ungestört und sicher fühlen. Sie sind unter ihresgleichen. Zeit, sich gegenseitig das schlechte Gewissen einzugestehen oder einander auszureden, die vielen Ängste und die schrecklich krankmachenden Träume in langen Gruppentherapie-Sitzungen zu kurieren. Aber Schluss mit dieser Farce, ich muss das nicht weiter ausführen – ich sage nur eins: ‹Traumfänger›.

Den Dreamweaver hätten wir, jetzt fehlt uns nur noch ein die Welt überspannender, alles verändernder Traum, dem wir uns kindlich glücklich hingeben dürfen, so wie wir uns dies einst im Paradies gewohnt waren. Und siehe, schon befällt uns so eine mächtige Zukunftsvision mit Schlaraffiaqualitäten.

Thor zerschlägt mit weithin schallendem Donnerschlag das neblige Gedünst, das sich viel zu lange schon in unseren Feldern, Hügeln und Wäldern wie ein Krebsgeschwür eingenistet hat. Der schweflige Gestank hält mittlerweile ja selbst unsere von der Tourismusbranche gepriesene Schweizer Bergwelt eng im Würgegriff.

Die Himmel tun sich auf und aus dem Horizont steigt prunkfarben und majestätisch ein Regenbogen und wirft sich in kühnem Schwung hinauf zu ‹Walhalla›. Und siehe, da schreiten unsere hehren Heldinnen und Helden, der einäugige Wotan allen voran, umflattert von seinen zwei Rat gebenden Raben und gestützt auf seinen eichenen Wanderstock. An seiner Flanke winkt Hera, die stets argwöhnische Göttermutter, höhnischen Blicks hinunter zu den getäuschten Riesen und den ihr zujubelnden Untertanen. Und wen sehe ich da noch? Ach ja, die schöne, immer junge Freya, welche eigentlich jetzt an der Seite der Riesen stehen müsste, wurde sie ihnen doch als Hauptgewinn für den schnellen Aufbau der herrlichen Burg ‹Walheim› versprochen. Thor verstand es auf seine verschlagene Art trickreich, betrügerisch zu verhindern, die ewig junge Frau als Pfand an die Erbauer zu verlieren. Eine durchweg spannungsgeladene, von Intrigen zersetzte Szenerie, wenn man mich fragt – und fatal, untergangsträchtig.

Diesen vom Alberichs Fluch belegten Traum, den wir aus der Not heraus gewaltsam aus den Maschen des Traumfängers befreit haben, wollen wir schnell wieder vergessen. Er wurde gelebt und endete, wie wir wissen, in einer Katastrophe, in der vielbesungenen Götterdämmerung. Gold, Liebe und Macht führten uns damals lediglich nach Wolkenkuckucksheim.

Da kommt mir eben jetzt einer wild fuchtelnd entgegen, hat von meiner ausbleibenden Idee gehört und verspricht schnellen Rat. Er drängt darauf, dass ich ihm zuhöre. Er animiert mich dazu, dass ich ein gefälliges Persönlichkeitsprofil von mir erstelle und hopp auf ein Dating Portal hochlade und geduldig abwarte, welchen blonden, braunen oder roten Traum mir das durch Algorithmen gefügig programmierte Schicksal beschere.

Das passt mir nun gar nicht, erachte meinen Blog-Versuch als vorerst gescheitert und beschliesse abzuwarten, bis neue Texte auf offenere Ohren stossen.

Wenn in der Bibliothek die Lichter löschen ...

...dann brennen schon bald wieder die Bücher;
...dann hat die Stadt vergessen, die Stromrechnung zu be-
gleichen;
...dann ist Feierabend und die Angestellten wollen endlich
nach Hause;
...dann steht der Untergang des Abendlandes tatsächlich
kurz bevor;
...dann wird bald keiner mehr handfeste Beweise dafür
finden, dass es uns jemals gab;
...dann geht für viele ein arbeitsreicher Tag zu Ende;
...dann öffnet nebenan endlich die Bar.

Das schaut jetzt ganz nach einem jener Schreibspiele aus, wo jeder aus einem angefangenen Satz eine Geschichte schreiben darf. So ist das aber nicht, denn ursprünglich wollte ich einen Blog über Bücher schreiben. Mittlerweile haben mich Zweifel gepackt, und ich bin etwas verunsichert, da ich keinen richtigen Plan verfolge, wohin das führen und wozu das gut sein soll. Aber eben, beim Schreiben entsteht eines aus dem anderen, und es ist manchmal gar nicht so offensichtlich, wie das eine mit dem anderen korrespondiert. Und plötzlich, mitten im Schreibprozess, eröffnen sich Zusammenhänge, wo man vorher keine sah.

Bücher sind doch out und nur etwas für ältere Menschen, die nicht mit einem Tablett oder E-Reader umzugehen wissen und über Zeit zum Lesen verfügen. Heute kauft doch keiner mehr diese sperrigen Dinger? Kosten teures Geld, sind schwer mit sich herumzutragen, nehmen in der Wohnung zu viel Platz an der Wand weg und neigen sachbedingt dazu, ungelesen in den Regalen zu verstauben. Bücher sind zudem richtige Wundertüten, denn nicht immer ist drin, was Titel, Vorspann und Werbetext versprechen. Auch können sie gefährlich sein, da das, wovon sie handeln, nicht zwingend dem entspricht, was der Zeitgeist fordert oder den Machthabenden gefällt. *Also lasst sie uns doch gleich verbrennen!*

Vielleicht buchstabieren wir an dieser Stelle vorsichtshalber besser wieder etwas zurück. Fehler werden gemacht, damit sie nicht wiederholt werden.

Sind das wirklich die schlagenden Argumente gegen den Kauf eines Buches? Sperrig, kostspielig, schwer transportierbar, platzraubend, Staubfänger – reden wir da überhaupt von Büchern? Das meiste trifft schliesslich auch auf eine bequeme Polstergruppe oder ein anderes Möbel zu. Sperrig ist doch vieles, was wir uns erwerben und dann heim transportieren lassen, weil es für uns selber zu schwer ist. Und was steht nicht alles in unseren Wohnungen und Häusern herum, das nur Platz wegnimmt, meist unbeachtet bleibt und ebenfalls nur zum Staubwischen verwendet wird. Echt jetzt: «*Wozu weiter darüber sinnieren, lasst uns rüber in die Bar gehen.*»

Eine Bekannte von mir arbeitet temporär als Bibliothekarin und steckt hauptamtlich mitten im Soziologiestudium. «Netter Versuch,» denken Sie sich. «Etwas plump,» denn jeder ahnt es, dass dieser Abschnitt entsprechend kurz ausfallen wird und dahin gehend endet, *dass die An-gestellten beim Lichterlöschen in der Bibliothek froh sind, endlich nach Hause zu dürfen.* Und natürlich stehen dann nicht Bücher im Fokus, wenn bekannt wird, *dass der Bibliothek der Strom abgedreht wurde, weil es die Stadt versäumt hat, rechtzeitig die Rechnung zu begleichen.*

Das genannte Versehen birgt aber genug Zündstoff in sich, um einen gepfefferten Wutartikel in der Zeitung zu publizieren. Darin liesse man sich genüsslich über die Un-gebildetheit und Eselei der aktuellen Stadtregierung aus. Blutleckend würde sich unser Stadtblatt dankbar dem neuen, virenfreien Thema widmen. In fetten Zeilen stände da wie folgt zu lesen: *Steht uns endgültig der Untergang des Abendlandes bevor?*

Worüber ich mir aber jetzt bewusst Sorgen mache, ist die zentrale Frage, warum wir die Beweise dafür verlieren sollten, dass es uns auf dieser Erde einmal gegeben hat. Und das nur, wenn keine Bücher mehr existierten? Ein bisschen dürftig – ist doch ein lächerlicher Gedanke. Es liegt heutzutage ohnehin praktisch alles in digitaler Form vor, was jemals an Wissenswertem gedacht, erforscht und wissenschaftlich bewiesen worden ist. Wie könnte dieses kostbare Wissensgut verloren gehen? Wegen einer trau-rigen Covid-19-Pandemie, die zum Leidwesen aller vorab alte und schwächliche Menschen tötet, viele Arbeit-nehmer arbeitslos macht und zahlreiche andere Menschen womöglich in die unverschuldete Armut treibt. Die Ma-schen unseres Sozialnetzes sind zwar eng geknüpft, trotz-dem ist es nicht schwer, hier unbemerkt dazwischen durchzufallen. Das geht manchmal leider schneller, als mancher sich denkt.

Wenn in der Bibliothek die Lichter löschen, dann steht das metaphorisch dafür, dass die Menschheit tausendfach im Stande ist, sich selber auszulöschen. Eine nukleare Katastrophe würde dazu genügen. Man behauptet immer, dass die Gefahr vor allem damals in der Zeit des Kalten Krieges geherrscht habe, sich jetzt aber weit entspannter präsentiere. Ein Atompilz ist nur eine der Endzeitbedrohungen. Der wild und ungebändigt vor sich her galoppierende Klimawandel mit seinen verheerenden Stürmen, der wüstengleichen Trockenheit und der gefährlich verschmutzten Luft bietet ebenfalls Chancen auf die Aussicht für einen Untergangserfolg. Aber eine echte oder auch nur hochgespielte Pandemie trägt ebenfalls grosses, zerstörerisches Potential in sich. Und was, wenn wir so sehr mit den synthetischen Treibstoffen für ein gutes und ausgiebiges Wachstum von Nahrungsmitteln beschäftigt sind, dass wir gar nicht merken, dass uns diese fremde DNA überhaupt nicht bekommt und uns am Ende umbringt? Todesszenarien wohin man sich wendet. Amen.

Es gäbe da noch die nicht minder gefährlichen Möglichkeiten durch eine evolutionäre Veränderung des Bewusstseins; einen katastrophalen Brainwash zum Beispiel: Wir vergässen dabei unsere Mitmenschlichkeit, Hilfsbereitschaft, Nächstenliebe, Freundlichkeit und den gegenseitigen Respekt. Wir verwildern und verrohen und verlieren all die kostbaren Qualitäten, welche uns der Humanismus nachhaltig in Schrift, Wort und Tat als Erziehungs- und Bildungsgut über Jahrhunderte mit auf den Weg geliefert hat. Aber ja, selbst ein so belastbarer Begriff wie ‹nachhaltig› degradiert und verflacht unter den gegebenen Umständen zur Floskel.

Mit Kanonen auf Spatzen schiessen

Durch die ruhigere Phase des Lockdowns dieses Jahres wurde mir Zeit zum Nachdenken gegönnt. Ich nutzte sie und unternahm einige erlebnisreiche Ausflüge in die Erinnerung an mein früheres Leben und merkte dabei, dass sich die Welt und mein Dasein in den vergangenen 50 Jahren stark verändert hatte. Lebte ich ehemals in einer Art kultureller Idylle, hatten die nachfolgenden familiär und beruflich geprägten Jahre eher etwas von Aufbruch, Arche Noah und Transformation an sich, was mich an jene fast schon dystopischen Gestade gespült hat, an denen ich heute mein Dasein führe. Am meisten aber irritierte mich der Wandel im Umgang mit Gevatter Tod über die Jahre.

In dem Alter, als ich und meine Jungendfreude anfingen, herum zu experimentieren, überredeten wir uns eines schönen Sommertages, als die Dorfkirche sich im Umbau befand, in eines der wegen Bauarbeiten freigelegten Gräber einzusteigen, die sich entlang der Kirche aufreihten. Nachdem wir uns versichert hatten, dass niemand zusah, stiegen wir ein und waren überrascht, dass da ein Gang sich öffnete, breiter wurde und weiterführte. Wir folgten den Krümmungen und stellten fest, dass wir immer tiefer unter die Kirche gerieten. Da hatte Urs, mein bester Kumpel zu jener Zeit, die Idee, dass dies ein klasse Versteck sei, um schnell mal unbemerkt eine Zigi zu rauchen. Er hatte von uns allen als Einziger ältere Brüder, die rauchten und denen er darum ab und zu heimlich eine oder zwei Zigaretten klaute. An passenden Orten zündeten wir die Beutestücke dann an. Hustend und keuchend rauchten wir sie bis zum Stummel runter. Der offene Gang unter der Kirche war so ein prädestinierter Ort.

Unser Rauchspass blieb unglücklicherweise aber nicht lange unbemerkt. Denn wenig später, kaum hatten wir die Stummel weggeschmissen, hörten wir knirschende Schritte im Gang, und plötzlich schauten wir geblendet in den Lichtstrahl einer Stablampe. «So, habe ich euch erwischt, Rasselbande!» erklang eine strenge Stimme. Weiter geschah nichts und Mann und Lichtkegel drehten sich ab und verschwanden so schnell wieder, wie sie in unserem Gesichtskreis aufgetaucht waren. Nachdem wir uns vom ersten Schreck erholt hatten, planten wir vorsichtig, aus der Höhle zu steigen. Mit Schauern und Entsetzen stellten wir fest, dass der Ausstieg mit schweren Brettern zugedeckt und versperrt worden war.

Auf der selbstgezimmerten Barrikade stand der Kirchensiegrist und lachte siegesgewiss zu uns herunter: «Soso, ihr seid also alt genug zum Rauchen und stört mit eurem Zigarettengestank den Gottesdienst in der Kirche. Seid jetzt auch tapfer genug, bis zum Nachtessen da unten auszuharren. Ihr könnt dann zuhause euren Eltern erklären, warum ihr zu spät zum Abendessen erschienen seid.» Anzumerken bleibt, dass unsere Eltern wenig erfreut auf die Erlebniswiedergabe reagierten. Nach Absprache mit dem Siegrist wurden wir dazu verurteilt, an drei schulfreien Mittwochnachmittagen, ausgerüstet mit Besen und Kübel, den Vorplatz der Kirche zu säubern.

Als Jugendlicher macht man sich noch nicht so tiefgreifende Gedanken wie in späteren Jahren, und das meiste vom Alltag, was einen bewegt, erscheint naturgegeben und unproblematisch. So etwa die stündlichen Böllerschüsse, mit denen man in der katholisch ländlichen Region vom Kanton Nidwalden den Sonntag von Fronleichnam beging. Da wurde sprichwörtlich mit Kanonen auf Spatzen geschossen. Einige Vogelarten, etwa die Elstern, reklamierten zwar lauthals, liessen sich letztlich aber nicht aus der Ruhe bringen. Sie waren entschieden härter im Nehmen als viele ihrer gefiederten Artgenossen, Spatzen, Meisen und Finken.

In meiner Wahrnehmung klang das Schiessen, als wolle man damit die Toten zu neuem Leben erwecken, ein Gedanke, der mich zuerst beunruhigte. Ich rief mir in Erinnerung, dass die Gräber für gewöhnlich von schweren Grabsteinen bedeckt waren. Diese gewichtige Tatsache würde reichen, um die ehemals Verblichenen davon abzuhalten, verschreckt aus ihren Gräbern zu steigen. Was für ein grusliger Gedanke – von «The Walking Deads» wusste man damals nichts. Die Phantasie der Menschen kannte Grenzen, zumindest moralischer Art.

Mit dem Tod generell oder mit Krankheit und Unfällen wurden wir während unserer Jugend leider häufig konfrontiert. Mein Elternhaus stand in unmittelbarer Nachbarschaft zum Wohnsitz des damaligen Gemeinde-Totengräbers. Er hatte die Angewohnheit, die Särge in der Garage neben seinem Haus zu lagern, wenn ausnahmsweise mal ungewohnt oft gestorben wurde, was insbesondere im Herbst der Fall schien. Das gab uns Jugendlichen die passende Gelegenheit für Mutproben. Die Neugier trieb uns dann dahin, um dem Bestatter bei der Arbeit zuzuschauen, wie er sorgsam und liebevoll die Leichen herrichtete. Wir liessen uns abends, zum Beweis unseres Mutes, in der Garage einschliessen, um mit dem Tod ein Date zu feiern. Diese Mutproben endeten damit, dass der Proband so gegen 21 Uhr vom Bestatter wieder erlöst wurde. Er kannte unsere Vorhaben und hatte sich angewöhnt, vor dem Schlafengehen einen kurzen Blick in seine Garage zu werfen.

Der Vater von einem meiner Freunde litt an Blutkrebs. Er verbrachte über ein Jahr seines Krankenlagers im Wohnzimmer zu Hause, wo wir Kinder in seiner Gegenwart spielen durften. Wir schoben Rennautos mit stimmlichem Getöse durchs Zimmer oder hetzten und jagten als Räuber und Gendarm durch die Wohnung. Mit unseren Plastikfiguren, inspiriert durch die Geschichten von Karl May, führten wir endlos Krieg zwischen Indianern und Cowboys. Wir waren traurig, als uns berichtet wurde, dass der Kranke verstorben war. Da, wo er sonst gelegen hatte, standen jetzt bloss noch zwei leere Sauerstoffflaschen an die Wohnzimmerwand gelehnt. Wir hatten uns an seine stille Gegenwart gewöhnt und schätzten seine Spieleinfälle und etwaigen Kommentare.

Es traf zu der Zeit einige Mütter oder Väter von Spielkameraden im Dorf. Sie starben für uns meist unerwartet, hatten Unfälle oder litten an Krankheiten, die nicht heilbar waren. Unser Mitgefühl für betroffene Freunde war gross, und wir bevorzugten ihn künftig bei allen gemeinsamen Unternehmungen, wann immer sich uns nur die Möglichkeiten boten. Es war für unsere Freundschaftsbande ein trauriges Privileg, künftig ohne Vater oder Mutter aufzuwachsen.

Die schrecklichste Form des Sterbens erlebte ich mit elf Jahren. Ich befand mich auf dem abendlichen Gang zur Molkerei am Bahnübergang, wo ich Zeuge wurde, wie der aus dem Zug springende Kondukteur bei der Bahnhofseinfahrt gegen einen Mast prallte. Beim Zurückfallen wurde er dann tödlich vom Zug erfasst. Es war das grässliche Geräusch, das dieser gemeine Tod verursachte, das mich noch über viele Jahre hinweg mit Schaudern verfolgte. Nach diesem Ereignis suchte ich hilfefordernd die Nähe meines Nachbarn. Ich konnte mir nicht vorstellen, auf welche Weise die Leiche des Verunfallten bestattet werden sollte. Er nahm mich eines Nachmittags zur Seite und erzählte mir aus dem Leben dieses unglücklich verstorbenen Kondukteurs, der ein guter Freund von ihm gewesen war. Mich beeindruckte die Wärme und spürbare Tiefe des sich Erinnerns dieses Mannes mit dem sonderbaren Beruf, dass ich darob sogar meine Frage vergass.

Da ich die Mittelschule im Heimatdorf besuchte, blieb ich bis zu meinem 20. Lebensjahr im Elternhaus wohnen. Ein Jahr vor der Reifeprüfung, als sich für uns alles nur noch um Prüfungen und Rekrutenschule drehte, verschwand eines Tages ein guter Freud von meinem Radar. Er war einer, der es liebte, einsam lange und anspruchsvolle Wanderungen zu unternehmen. Anlässlich einer dieser Exkursionen kehrte er nicht mehr nach Hause zurück und blieb verschollen. Polizei und Bergretter konnten ihn nie finden. Sein Vater suchte monatelang vergebens nach seinem Sohn und weigerte sich, dessen Tod hinzunehmen. Das war eine bedrückende Zeit. Sie endete damit, dass man ein Begräbnis arrangierte, bei dem der Sarg, mangels einer Leiche, leer im Kirchenschiff aufgebahrt wurde zum Abschiedsgottesdienst. Es war das seltsamste und gleichzeitig auch traurigste Begräbnis, an dem ich je teilgenommen hatte. Da waren der Vater und die Geschwister meines verunfallten Freundes. Da waren aber auch die vielen dummen Gerüchte, die über seinen Tod kursierten. Man vermutete, dass sich der junge Mann dem Militärdienst entziehen wollte und darum ins Ausland abgehauen sei. So ein Quatsch, Matthias war der sportlichste, ehrgeizigste und tapferste Jungmann, den ich zur damaligen Zeit kannte. Der hatte es nicht nötig, vor dem Militär zu fliehen.

Man merkt es bestimmt, so tiefgreifend gewisse Erlebnisse in meiner Jugend gewesen waren, sie blieben mir in guter und lebendiger Erinnerung, gebunden an ein Leben in einem behüteten Rahmen, umgeben von vertrauten Menschen, die man kannte, mit denen man feierte, trauerte und lebte. Gebären, Leben und Sterben hatten ein persönliches Gesicht. Aber heute? Was soll ich sagen, ohne vorher nicht tief genug durchzuatmen?

Man sah Bilder von vermummten Gestalten in China, welche verängstigte und sich wehrende Bürger ihrer Stadt in ihren Wohnungen gewaltsam einschlossen, indem sie deren Türen verbarrikadierten. Wie warm erinnere ich mich da an den ideenreichen Kirchensiegrist, der es verstand, uns Jungs einen heiligen Schrecken einzujagen, sich aber die Zeit nahm, bis am Abend begleitend dabeizustehen, damit uns ja nichts widerfahren sollte. Wir wussten, dass er auf uns aufpasste und uns beschützte. Und gleichwohl nahmen wir es ihm arg übel, dass er uns in unsere eigene Falle tappen liess.

Aus Oberitalien erreichten uns Bilder, die grusliger nicht sein konnten: kolonnenweise Leichenfahrzeuge unterwegs zum Krematorium; überall bewaffnete Militärs vor Kühltransportern, die randvoll mit Särgen angefüllt worden waren, weil weder Zeit noch Gelegenheit blieb, die Verstorbenen zu bestatten. Kein Verwandter oder Freund wusste, wann sein Angehöriger eingeäschert werden sollte. Niemandem blieb eine Gelegenheit zum Abschied nehmen. Wochenlang weiss man nicht, was mit der Grossmutter oder mit dem Grossvater geschehen ist. Man darf nicht auf Besuch, darf nicht helfen und keiner ist für Auskünfte erreichbar. Unglaublich, wie viel Anonymität und Einsamkeit hier in Kauf genommen wurde. Das ist kein Leben.

Wenig wahrscheinlich und doch hoffen wir immer auf den Haupttreffer

Der Weltuntergang geniesst selbstverständlich einen schrecklich schlechten Ruf. Vielleicht ist das der Grund, warum wir bei so vielem, das wir sehen und uns nicht spontan gefällt, gleich von schlechtem Einfluss sprechen. Wir munkeln dann freimütig oder verstohlen etwas von übelsten Machenschaften, von gefährlichen Leidenschaften und Krankheit zum Tode oder Untergang und Verderbnis. Etwas viel Gemunkel, aber dem grossen Thema durchaus angemessen.

Wenn die Welt tatsächlich dem Untergang geweiht sein sollte, dann gebe ich den jungen Menschen von «friday for future» recht, liegt das einzig und allein an uns Menschen, die wir alle immer nur den Fokus auf das Nächstliegende richten und den Blick für das Ganze aus den Augen verlieren. Was uns nicht Schmerzen bereitet, das bleibt von uns unbemerkt.

Der Gedanke an den Weltuntergang hat so was Umfassendes und für unser Menschsein Absolutes an sich, dass wir es gar nicht mögen, wenn uns jemand, aus welchem Grund auch immer, daran erinnert. Wir lassen uns dann automatisch in eine Abwehrstellung fallen und begegnen den Urhebern solch unerwünschter Erinnerungsversuche durchwegs feindlich. Unsere Wohlfühlzone ist der Alltag und sind die Dinge, die wir unter unserer Kontrolle glauben und wofür wir über hinreichende Handlungs- und Entscheidungsmechanismen verfügen.

Für den Weltuntergang hingegen sind wir weder psychisch noch praktisch mit derartigen Automatismen gewappnet. Eigentlich sind wir darauf überhaupt nicht vorbereitet, obwohl wir viele Szenarien kennen, die solches Potential in sich bergen: Einschlagende Monstermeteoriten, Sonnenstürme und was zum Teufel sonst noch alles aus den Tiefen des Weltalls auf uns zurasen könnte. In unserem Wesen sind wir wahre Spielernaturen und hoffen, mag die Wahrscheinlichkeit dazu noch so verschwindend klein ausfallen, stets auf den Haupttreffer. Ja, so sind wir. Und darum fällt bei solch gewagtem Kalkül ein Weltuntergang erst gar nicht in Betracht.

Ich beispielsweise stehe an sich nicht auf Autos, solange es sich dabei nicht um einen «Mustang» handelt. Woher diese Leidenschaft rührt? Vermutlich daher, dass mir meine Eltern in meiner frühen Jugend ein Modellauto dieser Marke zum Geburtstag schenkten und mir damit dieses Virus einimpften. Ich weiss natürlich, dass Autos CO_2 ausstossen und dies zu einem kleinen Anteil für die zunehmende Klimaerwärmung mitverantwortlich ist. Hier nun beginnen meine Automatismen zu spielen. Ich denke: «Mein Mustang verbraucht durchschnittlich 12,5 Liter Benzin, was im Vergleich zu moderneren Autos viel ist. Aber angesichts der Millionen anderer Vehikel, die tagtäglich unterwegs sind, fällt mein Auto dabei doch gar nicht mehr ins Gewicht!» Und so werden noch viele denken und argumentieren wie ich.

Und was ist mit dem regen Flugverkehr, der provoziert wird durch weltweite Gütertransporte, Geschäftstrips,

Urlaubsreisen und Vergnügungsausflüge? Corona mag dieses Vielfliegen zwar für den Moment ausgebremst haben, aber das wird sich früher oder später wieder einpendeln. Wichtiger ist: Die Fliegerei verursacht doch sicher viel mehr CO_2-Ausstoss als Autos.

Und was ist mit den Ozeanriesen und den Frachtschiffen, die zu Hunderttausenden auf allen Meeren unterwegs sind, von Billig-Öl angetrieben werden, Fische ihre Orientierung verlieren lassen und dann und wann mit Riffen oder anderen Hindernissen kollidieren und ihre kostbare, aber umweltunverträglichen Güter, manchmal ist es gar Öl, unfreiwillig im Meer entsorgen? Aber bleiben wir beim CO_2.

Die Landwirtschaft? Aber ja! Man vergisst immer wieder, dass gerade sie im Hinblick auf die kostspielige Fleischerzeugung erhebliche Spuren auf unserem saldierten Negativklimakonto hinterlässt. Geschweige denn von den Bruttotonnen von Dünger, die jährlich unseren ausgemergelten Böden zugeführt werden. Stickstoffdünger verwandelt sich in Lachgas – unverschämter Name im Hinblick auf seine schädigende Wirkung für den Fortgang unseres Klimas. Bei dieser Bilanz verliert mein Mustang längst das böse Muscle-Car-Image und kann bezüglich der Gesamtbilanz, entgegen seinem Ruf, plötzlich nicht mehr mithalten.

Wie ein vom Frachterdröhnen verschreckter Wal zucke ich zusammen und übe mich unfreiwillig im Rückenschwimmen, als über mir einer dieser ins Alter gekommenen Tiger der Schweizer Armee den nachmittäglichen

Himmel durchschneidet. Au Mann, die Dinger vollführen vielleicht einen ohrenbetäubenden Lärm! Und wozu sind sie gut? Zum Bombenabwurf, zum Luftkampf und generell zur Zerstörung! Vor allem aber tragen sie maximal zur Beschleunigung des Klimawandels bei. Am Boden spielt man indessen mit Panzern zu Übungszwecken, Krieg und Lastwagen sind mit schwerem Gerät im Kolonnenverkehr unterwegs. Warum kriegt das Militär keine CO_2-Steuer vom Parlament aufgebrummt? Eine solche Massnahme würde wesentlich mehr Steuereinkommen generieren als der Autoverkehr das je vermag. Ups, kleines Versehen, das Militär sind ja wir.

Hätte ich mich jetzt in meiner Verteidigung nicht ausschliesslich auf die durch Mobilität verursachten Klimaschädlinge eingeschossen, dann müsste ich unbedingt jetzt unbedingt noch von der Bauindustrie schreiben. Mal abgesehen davon, dass aus Renditegründen und aus Mangel an geldstarken Bauherrschaften mehrheitlich eh nur noch hässliche Gebäude und Billighäuser erstellt werden, ist es doch so, dass gerade dieser Industriezweig ganz massiv zur negativen Klimabilanz beiträgt. Aber ok, ich schweig ja gleich wieder, passt jetzt nicht ganz in meine Aufzählung.

Was mir aber nachgerade ins Auge sticht und mich an den Eingang dieses Blogs zurückführt, ist der Umstand, dass mir mein eingespielter Automatismus zur Rechtfertigung meiner Mustang-Leidenschaft unfreiwillig ‹step by step› die Augen für das Ganze geöffnet hat. Da sich dieser Automatismus zu meinem Leidwesen nun selber entlarvt hat und nicht mehr zieht, versuche ich es mit einer anderen Strategie, ich weiche aus und lenke ab.

Einverstanden, der Weltuntergang ist schrecklich, doch gibt es zurzeit ein Phänomen, das mich wesentlich intensiver in seinen Bann zieht: Es sind dies die vielen, zum Teil abenteuerlich maskierten Gesichter, denen ich tagtäglich auf der Strasse begegne und die mich unweigerlich an Kostümierung, Betrunkenheit und ausgelassene Narrenzeit erinnern. Doch COVID-19 hat die Fasnacht bei uns gut um einen Monat verpasst. Pandemien scheinen ein schlechtes Timing zu haben.

Die Aus-Taste betätigen
oder die Zeitung beiseitelegen

Zeitunglesen ist was für ältere Menschen oder solche, die zu viel oder zu lange Pause haben und sonst nicht wissen, etwas Sinnvolleres mit ihrer Zeit anzufangen. Das war nicht immer schon so. Ich habe mir das in den letzten Jahren lediglich zurechtgelegt, weil mich die Inhalte beim Durchschmökern meist langweilten. Vielleicht lag es aber nur daran, dass ich nach fünfzehn Jahren Journalismus die vielen Beschönigungen und Tatsachenverunreinigungen satt hatte, die man mit Rücksicht auf seine besten Inseratenkunden eingegangen ist. Investigativer Journalismus? Mal abwarten und horchen, was der nächste grosse Inseratenkunde dazu meint.

Investigativ ja, aber nur dort, wo es keinen kratzt. Vielleicht wäre es besser gewesen, wenn ich nie für Zeitungen geschrieben hätte. Tut aber jetzt wenig zur Sache. Damals, als ich meiner redaktionellen Tätigkeit beherzt nachging, schrieb ich täglich viel, redigierte Artikel für die nächste Ausgabe und schlug mich mit Fotos und Platzierungsfragen für Inserate herum. Ich las die Zeitung nicht nur einmal, sondern gleich zwei- bis dreimal – bei der Entstehung, kurz vor der in Druck Gabe und noch einmal nach der Auslieferung. Journalisten sind vermutlich die besten Kunden von Zeitungen.

Ich bin angesichts der Veränderungen, die sich im Zeitungswesen über die Jahre eingestellt hatten, etwas frustriert, da es mir scheint, die Redaktionen dieser Welt hätten sich darauf geeinigt, einander gegenseitig die Arbeit zu erleichtern und uns damit zu Tode zu langweilen. Was morgen veröffentlicht werden soll, wird abwechslungsweise nur noch von einer Redaktion aufbereitet oder man holt sich die Meldungen gleich alle von der Agentur. Einer tut seinen Job und die anderen profitieren davon. Vermutlich hatten sie inzwischen bemerkt, dass es ohnehin keinen markanten Unterschied macht, wer sich der News-Aufarbeitung annimmt. Sie alle schreiben unisono, als wären sie die Mitglieder eines gemischten Chores – Männer eine Oktave tiefer, Frauen eine bis zwei höher. Und alle kleben am selben Text. So viel zur gepriesenen Meinungsvielfalt der Presse. Das war mal. Heutzutage lesen sich Inserate spannender als die Artikel selbst.

Zurzeit übt man sich in den Medien vorab im Rechnen, der Statistik im Besonderen. Einige aus den Reihen der schreibenden Zunft entpuppen dich dabei wie wahre Zahlenjongleure. Statistik ist aber nicht jedermanns Ding. Da es nicht viele gibt, die ein Flair für diese Wahrscheinlichkeitsberechnungen haben, kann und darf man sich als Journalist schon mal verschreiben oder mit falschen Werten hantieren. Bei all dem Halbwissen merkt ja eh keiner, was Sache ist. Und die Zahlen stammen aus behördlichen Quellen, dann müssen sie stimmen.

Wie es das Glück will, kann fast jeder eine Kleinigkeit, ein kurzes Wenn oder ein gequältes Aber, beitragen. Und als Gesamteindruck darf unbeschwert festgehalten werden, dass wegen der verwirrend vielen Variablen das Virus beim Berechnen zwischen den Zeilen verloren gegangen ist. Gut so, das erspart uns allen doch gleich noch das Warten auf einen Impfstoff.

Ich verstehe das. Irgendwann gehen selbst dem einfallsreichsten Schreiberling in der Auseinandersetzung mit der Coronapandemie die Ideen aus. Und dann ist man froh, wenn die alten Mathematikkenntnisse zur Unterstützung herbeigezogen werden. So macht das wenigstens einen Sinn, dass man sich vor Jahren in der Ausbildung damit abgemüht hatte. Ich hoffe doch, dass diese Vorgehensweise Schule macht und künftig jede Grippe uns in dieser Form nähergebracht wird.

Hier ein Extra-Hinweis, man möchte in künftigen Ausgaben zusätzlich noch den chemischen Aspekt von Viren etwas ausführlicher behandeln. Hopp hopp und hurtig, holt eure Chemiebücher aus den Schränken und übt insgeheim schon mal auf Vorschuss.

Bedenkt man es richtig, ist es schon erstaunlich, wie repetitiv unsere Massnahmen im Kampf gegen eine Infizierung sind: Maske überstülpen, Distanz halten, mal zwei Meter, einen Meter fünfzig, Hygiene und nochmals Hygiene und dann das Ganze von vorne. Und für Kinder gilt nochmals eine andere Formel, da sie sich altersbedingt wenig um Distanzen kümmern werden. Bei Anlässen dürfen sich die Leute zwar versammeln, aber abgestuft: nicht mehr als fünf Leute, dann mal zehn, nachher dreissig, fünfzig, eventuell hundert und bei entsprechender Baugrösse des Saals mal dreihundert oder gar tausend. Jeder darf sich da die passende Zahl selber aussuchen. Denn dieses Chaos überblickt eh keiner mehr.

Corona selbst ist in besonderem Masse repetitionsbewusst, attackiert es uns doch unerbittlich Welle um Welle, und es ist kein Ende abzusehen, als hätten wir es mit einem Naturphänomen wie Ebbe und Flut zu tun. Seit nunmehr einem halben Jahr zeigen sich die Behörden im Umgang mit COVID-19, zur Freude aller phantasielosen Medienschaffenden, unglaublich kreativ. Fast täglich werden uns neue Aspekte oder Teilaspekte präsentiert, wobei dann die verschiedensten Theorien und Massnahmen daraus entwickelt werden. Wenigstens braucht man sich dabei als medial tätiges Individuum keine Sorgen darum zu machen, womit morgen das Blatt gefüllt werden will. Und selbst die Sommerpause, sehr zu meinem Leidwesen, ist nicht wirklich von einer Pause geprägt gewesen. Keine sauren Gurken also; das sonore Geplapper geht munter weiter, und man redet uns mantramässig weiter in den Tiefschlaf.

Bin mal gespannt, wie lange man seine Newskonsumenten mit diesen Schlechte-Nacht-Geschichten noch bei der Stange halten kann. Es müsste doch jedem klarwerden, dass wir auf diesem Weg alle zu sogenannten Aluhutträgern und ‹Covidioten› erzogen werden. Müssen wir doch, schliesslich will keiner freiwillig an der Angst zugrunde gehen. Und hinterher, um die allgemeine Verunsicherung zu komplettieren und uns das letzte Restchen an Contenance zu rauben, werden wir mit demselben Schmutz beworfen, den man uns wochenlang vorgekaut hat. Lernen ist schliesslich eine Frage des Wiederholens, diese Erkenntnis zählt heute zum Allgemeinwissen.

Hei Leute, wacht auf, das kann man sich doch unmöglich gefallen lassen. Menschen, die uns zu Tode argumentieren oder zumindest müde reden, und das an die achtzehn Stunden pro Tag, sind mehr als zum Gähnen. Da gibt es nur noch eines: Betätigen Sie umgehend die Lautlos- oder die Aus-Taste. Und erwischen Sie sich beim Lesen, dann einfach schnell weiterblättern oder die Zeitung ganz beiseitelegen.

Von Geistern, Besessenheit und Erlösung

Man spricht pathetisch von den grossen Geistern unserer Spezies und meint damit sowohl lebende wie auch verstorbene Menschen, deren Begabung die Entwicklung der Spezies massgeblich vorangetrieben haben. Was mich im Moment vorzugsweise beschäftigt, ist die Rede von Geistern im Sinne von Gespenstern – und damit meine ich, um Missverständnissen vorzubeugen, nicht den Heiligen Geist, denn keiner mit klarem Verstand spräche in diesem Zusammenhang von ihm; das mit ihm ist eine andere Geschichte. Und es liegt mir fern, mich hier in Blasphemie zu suhlen. Die Sprache birgt es manchmal in sich, solch unangenehme, gespenstische Kurzschlussmeinungen und fehlgeleitete Querbezüge zu stiften. Da ist entschieden Vorsicht geboten.

Ein zweifelsfrei heikles Thema, denn Gespenster findet man überall in grosser Zahl. Und wenn es sie nicht schon gäbe, dann sähen wir uns gezwungen, sie umgehend zu erfinden. Keiner weiss, bei welchen Angelegenheiten sie ihre Gichtfinger und langen Nasen drin stecken haben, bei dem, was uns täglich so umtreibt. Wäre doch peinlich, wenn man den vielen Unfug ausschliesslich normalen Menschen zuzuschreiben hätte.

Geister sind da dankbare Opfer, die sich zudem in ihrer Rolle gefallen, egal, was wir uns für sie ausdenken. Aber bloss keine übertriebene Furcht, ruft man mir zu, denn die meisten von ihnen seien harmlos und friedlich. Das sagt man von demonstrierenden und politisch aufbegehrenden

Menschen übrigens auch und nennt sie dann gleichzeitig aber Verschwörer, Radikale, Schwarzhüte und Terroristen. Blauäugigkeit mag zwar einem gewissen Schönheitsideal entsprechen, Naivität mit Sicherheit nicht. Etwas Sorge im Hinblick auf Geister ist zulässig und angebracht.

Davon wüssten Indianer eine Unmenge an Lagergeschichten zum Besten zu geben. Sie wissen aus vererbter und überlieferter Erfahrung, dass sie alle, die weissen Abenteurer, Händler, Siedler, Eisenbahnarbeiter in jenen Tagen in ausschliesslich friedlicher Absicht angeritten kamen. Sie hatten es ihnen hoch und (schein-)heilig versichert. Man vertraute allen gutgläubig, bis es zu spät war. Das Renkontre endete, wie wir wissen, mit einem Genozid. Wenn es eine Art spiritueller Gerechtigkeit gäbe, dann wäre es jedes Weissen Pflicht, stets auf der Hut sein, denn bei jenem Abschlachten wurden mit Bestimmtheit nicht nur wohlgesinnte Geister freigesetzt.

Das erste Mal, wie ich mich zurückerinnere, wurde ich im Alter von sechs Jahren mit Geschichten über Gespenstern, Hexen und Geistern konfrontiert. Mein um etwas erfahrener Spielkamerad machte mich deutlich darauf aufmerksam, dass man nicht ungestraft von solch missratener Brut sprechen durfte. «Hör sofort auf, über Hexen zu reden, sonst kommen sie,» wies er mich öfters entsetzt zurecht. «Wenn du nicht sofort schweigst, dann lockst du sie damit herbei,» ergänzte er verängstigt um sich schauend. Das überzeugte mich und hinterliess bei mir tiefe Spuren, überlegte ich doch hin und her und erwog, in der Folge vor Verzweiflung sogar mit dem Sprechen zu brechen.

Nur so glaubte ich, das Problem zu umgehen. Kaum auszudenken, wenn jedes Wort, das man von sich gibt, umgehend objektiviert vor einem in Erscheinung treten würde. Meinen Eltern verdankte ich es, von dieser Furcht erlöst zu werden. Ich erlaubte mir in der Folge sogar, meinen Spielkameraden bei nächster Gelegenheit auszulachen und ihn zu beschimpfen: er sei ein Feigling. Es gebe doch überhaupt keine Hexen.

Im Alter von zehn Jahren lagen Begriffe wie Israel, Ägypten, Jordanien, Syrien Tod, Vernichtung, Krieg und Naher Osten in aller Munde. Und ich, ein etwas zu gross gewachsener, unter Schüchternheit leidender Primarschüler, wagte es nicht, mich auf dem Schulhof vom fünf Meter hohen Klettergerüst in den Sand hinunter fallen zu lassen. Etwas, das die meisten meiner Altersgenossen mutvoll und meisterlich hinter sich gebracht hatten. Das Gerüst schien mir zu hoch, der Sprung zu tief – also nein. Alles, was ich damals verstand und folgerte, war einzig die Tatsache, dass von Krieg die Rede war, von Gefechten, Flugzeugen, Bomben und Toten; man sprach von Krieg, also war Krieg. Vergessen waren bei dieser Gelegenheit, wie ich mich heute noch zu erinnern vermag, die aufklärerischen Worte der Eltern von vormals.

Ach schwiegen sie doch alle, hörte ich mich in der Vergangenheit schreien, und dieser Krieg wäre augenblicklich vorüber. Mein Wunsch erfüllte sich auf wundersame Art und Weise. Er war, kaum sechs Tage alt, schon wieder vorbei. Ich fühlte mich unbeschreiblich erleichtert und glücklich, so dass ich es mir zutraute, umgehend vom Gerüst zu springen und in den Zirkel der Mutigen aufgenommen zu werden. Ich war gesprungen. Dies erfüllte mich mit einem stolzen Gefühl des Erfolgs

Dieses und weitere jugendliche Erlebnisse, von ähnlich gestrickter Machart, führten dazu, dass ich lernte, mit der Sprache umsichtig und entsprechend bedachter umzugehen. Ich liebte fortan die eher leisen Töne, Schattierungen und Färbungen. Ich zog jeder fetten Schlagzeile ein Gedicht oder einen Aphorismus vor. Und insbesondere heute, da diese Corona-Pandemie penetrant, seit mehr wie sechs Monate plakativ und marktschreierisch von allen Rednerpulten herunter verbreitet wird, übe ich mich zunehmend in Zurückhaltung und drücke schleunigst auf die Aus-Taste, sobald jemand zu einer neuen Hygieneermahnung und Abstandspredigt anhebt. Ihr versteht jetzt, warum das so ist. Mein Spielkamerad hatte mir das damals eingetrichtert und lag trotz der Versicherungen der Eltern damit nicht falsch.

Jede verlorene Seele ist uns Menschen ein Anlass zu persönlicher Trauer. Vermutlich lernte unser Geist am Gängelband eines Gespenstes, über die Endlichkeit des Lebens nachzudenken. Denn Angst schliesst uns vom wahren Leben aus. Und wäre ich ein Flaschengeist, dann ist wohl nachvollziehbar, dass ich um jeden Preis für meine baldige Befreiung kämpfen würde. Keine Lüge wäre mir zu teuer, kein Trick zu fies, würde ich nur baldmöglichst mein Ziel erreichen und aus dem Gefängnis befreit werden. Ich suchte nach einem menschlichen Wirrkopf, dem ich drei Wünsche verspräche, wenn er sich bereit erklären würde, mich formelhaft dazu aufzufordern, aus der Flasche zu fahren: «Ich Geist, du Dummkopf.» So oder ähnlich funktioniert diese fiese Masche. Ich liege kaum falsch mit meiner Überzeugung, dass es versteckt in allerlei dunklen Nischen und Ecken Tausende von Aladins gibt. Man sieht es den armen Seelen ja nicht an, welcher Eltern Kind sie sind.

Ich verstehe jetzt, warum es bei der gegenwärtigen Lage der Pandemie nicht hilft, die Schweigestrategie anzuwenden. Jeder Geist ist besessen vom Gedanken, erlöst zu werden.

Doppelt blind und dennoch sehend

Wenn ich mich an meine Jugend zurückerinnere, und das geschieht alternden Männer immer mal wieder, dann dünkt es mich, wie wenn ich damals unwissentlich Teil eines umfassenden Experiments gewesen sein könnte; aufgezogen und betreut unter den Parametern einer Doppelblindstudie.

Ich führte ein Leben, bei dem weder ich, meine Eltern, die Lehrer noch der Pfarrer Kenntnis davon hatten, was denn der Sinn und Zweck dieses Versuchs auf dem Planeten Erde sei. Keiner hatte eine Ahnung, wie es um die engeren Zusammenhänge stand und worauf das Dasein mit seinen zahllosen Tentakeln hinzielte. Es gab zwar den einen und anderen spärlichen Hinweis, aber die waren damals alters- und temperamentbedingt zu unattraktiv: ein Leben nach dem Tod, Gott, der Teufel oder dann Darwins Theorie vom Überleben derer, die es verstanden, sich den Gegebenheiten schnell anzupassen.

Heute leide ich, wenngleich wissender und obwohl sich an den Bedingungen nichts geändert hat, immer noch unter ähnlichen Vorstellungen. Im Gegensatz zu früher täusche ich mich aber nicht mehr darüber hinweg, dass das Experiment in Wahrheit nicht wie eine Studie ausgelegt wurde; es handelte sich hierbei höchst eigens um das lebendigste Leben selbst. Kein Buch, kein geistiger Führer, weder Zufall noch Fügung vermochten mir bis dato den tieferen Sinn des Daseins zu entschlüsseln. Mein metaphysisches Denken stand an. Daran verschoben auch weiterentwickelte Hinweise aus der neueren Wissenschaft wie Urknall-Theorie, Stringtheorie oder Paralleluniversen nichts. Die Folge davon? Ich erschöpfte mich und verlor zusehends an den dringlich benötigten regenerativen Kräften. Ich nenne diesen Zerfall eine Art phasische Desillusionierung. Was galt es zu ändern?

Ich überlegte in der Phase der zunehmenden Ermattung, die Ansprüche an mich und die Welt etwas herunter zu schrauben. Womöglich wäre es hilfreich, die grossen Ziele in kleinen Schritten anzupeilen. Ich zeigte mich insgleichen bereit, auf einige wichtige Erfahrungen zu verzichten, wenn damit mehr Klarsicht in die vielen Rätsel zu gewinnen wäre. Ich suchte verzweifelt nach dem Schimmer von Weiss am Ende des Tunnels.

Was, wenn man es anderen gleichtäte? Eine berufliche Karriere etwa, neu definierte Ziele und Strategien; Geld- und Machtanhäufung, in bescheidenem Rahmen natürlich; Reisen, die Welt zu erkunden, malerische Landschaften zu durchstreifen, neuen Menschen zu begegnen und an anderen Kulturen Anteil zu nehmen?

Das klang zwar verlockend, vermochte mich dennoch nicht zu überzeugen, denn das alles schien mir einen schalen Beigeschmack zu haben, dünkte mich gewöhnlich und teilweise auch langweilig. Zur Realisierung solch plakativer Verführungen stand ich mir letztlich dann selber wieder im Weg. Das waren keine Ziele, und sie versprachen nichts von einem annähernd nur tiefer gründenden Sinn. Für Zerstreuungen solcher Art war mir meine Zeit zu schade. Was ich zum Leben materiell brauchte, besass ich. Und wenn ich mich aufmachte, die nähere Umgebung, die Wiesen, Wälder und Hügel meiner Heimat zu durchforschen, fehlte es nicht an neuartigen Eindrücken. Und zuweilen lernte ich dabei sogar neue Menschen kennen.

Wenn es mir letztendlich trotzdem gelang, einen Restbestand an notwendigen Ressourcen aufzusparen, dann nenne ich das Schicksal, und es liegt vermutlich an den zufälligen Konstellationen des damaligen Doppelblindversuchs. Letztlich reichte es, um gegen die grundlegenden Herausforderungen des Lebens zu bestehen.

Man hatte mich in der unmittelbaren Nachbarschaft eines Bestatters zur Welt gebracht. Einem Menschen, der von Berufs wegen tagtäglich mit letzten Fragen konfrontiert worden ist. Dieser Bestatter musste in mir äusserst inspirierende Kräfte ausgelöst haben.

Obwohl ich nicht freiwillig gewillt schien, das Licht der Welt zu erblicken, so wenigstens deute ich den Umstand, dass ich mittels eines Kaiserschnitts in die Welt gerissen wurde, entschloss ich mich, unbewusst natürlich, gute Miene zum Spiel zu machen. Man lastete mir das negativ an, warum sonst hatte man sich entschieden, mir einen schmerzhaften Klaps auf meinem Hintern zu platzieren. Alles lässt Menschlein sich dann doch nicht gefallen, und so schrie ich dem Teufel ein Loch ins Ohr und protestierte so laut als meine Stimme es hergab.

Das Handwerk meines Nachbarn, des Bestatters, war im Gegensatz zu meinem Geburtsakt im Spital ein auf Stille, Verantwortung, Nächstenliebe, Respekt, Ehrfurcht und Gründlichkeit beruhendes Handeln. Einmal, zwecks Aussitzen einer Mutprobe unter uns Jungs, liess ich mich am Nachmittag im Bestattungslabor einschliessen. Ich hatte in meiner Vorstellung nichts erwartet außer einer gehörigen Portion Selbstüberwindung und Angst angesichts der stumm daliegenden Leiche. Ich bemühte mich aber, alles daranzusetzen, meine Probe erfolgreich zu bestehen. Es war zwar kühl im Raum und es roch leicht chemisch, aber die grosse Stille, die vorherrschende Erwartungslosigkeit und Endzeit Konstellation drangen seltsam beruhigend durch mich hindurch, und ich schlief allen Spekulationen zu Trotz auf meinem Stuhl ein. Sollte dies die Antwort auf meine zahlreichen Daseinsfragen sein?

Erst das laute ins Schloss Fallen der Tür zum Labor weckte mich. Der Bestatter beschaute mich eine Weile, nahm dann meine Hand und führte mich vor die Leiche hin. Er erzählte mir einiges aus dem kürzlich erloschenen Leben dieses Mannes, nannte mir seinen Namen, wusste, dass er drei erwachsene Kinder zurück liess und ein angesehener Vertreter der Gemeinde gewesen sei. Dann schickte mich der Bestatter nach Hause und ermahnte mich, mir einige Gedanken zum Verstorbenen zu machen und an dessen Kinder zu denken, denn die fühlten sich jetzt sicher sehr traurig und allein gelassen. Jeder Mensch, der gehe, hinterlasse bei seinen Hinterbliebenen gleichsam ein schwarzes Loch und eine Lücke.

Moira bescherte mir auch sonst eine ziemlich verrückte Jugend. Beispielsweise der Umstand, dass sich meine Mutter bei einer sommerlichen Sonntagswanderung einen

Sonnenstich zuzog. Dies bewog sie in der folgenden Nacht dazu, in mein Zimmer einzudringen, um mich zu beschützen. Sie schloss dabei die Tür ab und warf den Schlüssel gezielt zum Fenster raus, während sie mir atemlos und angsterfüllt erklärte, dass mein Vater uns mit seiner Pistole zu erschiessen beabsichtige. Was will man da als eben erst schulpflichtig gewordener Knirps seiner Mutter entgegenhalten? Man hat schliesslich das Staunen noch nicht ganz verlernt. In der Frühe stiegen wir dann mit der gutnachbarlichen Unterstützung des Bestatters, meines Freundes und Helfers und Ersatzvaters, aus dem Fenster des Zimmers und fanden in der Küche seines Hauses freundliche Aufnahme. Die Polizei erschien und klärte das Missverständnis, wie Erwachsene das nennen, auf. Das Ganze endete in der Erklärung, dass meine Mutter einen Sonnenstich erlitten hatte, darauf hin einen Arztbesuch absolvierte und hinterher alles wieder seinen gewohnten Gang nahm. Das brachte mich dem Bestatter und dem, womit er sich beruflich beschäftigt hatte, nochmals ein Stück näher.

Strengster Katholizismus zählte zu den Grundbedingungen meines damaligen Wohnortes in den tiefen und oft nebelverhangenen Tälern der Urschweiz. Es gab einen Feiertag pro Jahr, an dem stündlich drei Kanonenböller abgefeuert wurden und gruslig wie tollwütige Geister entlang der Berghänge durchs Tal grollten. Das Böllern scheuchte nicht nur Vögel, Katzen und Hunde auf, sondern erschreckte und beschäftigte auch mich gründlichst. «Ach Junge,» beruhigte mich meine Mutter: «Brauchst dich nicht zu fürchten. Man schiesst, um der Verstorbenen zu gedenken und um sie zu ehren.» Warum man dies ausgerechnet mit Kanonen tat, konnte sie mir nicht erklären.

Da ich es nicht besser wusste, stellte ich mir vor, dass man versuchte, die Toten mit diesem hausgemachten Lärm aufzuscheuchen und sie ins Leben zurückzuholen. Leider war es mir damals noch nicht möglich, festzustellen, dass einzig ein heftiger Klaps auf meinen Hintern mich instinktiv zu diesem Irrschluss bewog.

Das alles führte zu mächtigem Aufruhr in mir, und ich beruhigte mich erst wieder, als ich anlässlich eines eigens arrangierten Friedhofbesuchs feststellte, dass die Gräber allesamt ordentlich von schweren Steinen verschlossen wurden und Moose und Grünspan deren Unversehrtheit bezeugten. Entwarnung. Ich atmete auf. Ich durfte erleichtert ausschliessen, dass man auf der Strasse in Kürze Herden von Wiederauferstandenen begegnen würde.

Heutzutage sind solch krude Vorstellungen zu meinem Erstaunen wieder top aktuell. Es gibt Fernsehproduktionen und ganze Serien, die davon erzählen, wie lebende Tote sich hemmungslos und ungebremst wellenartig über den Planeten, beissend und mordend, verbreiten. Diese Untoten wurden in der Regel aber nicht von Lärm aufgeschreckt, sondern sind das Opfer einer Seuche. Meine jugendliche Angst, lebenden Toten auf der Strasse zu begegnen, scheint mir wesentlich natürlicher zu sein.

Scherzeshalber würde ich heute sagen: Passt auf und lasst Vorsicht walten, ihr lieben Impfwilligen, denn ihr wisst nicht, welch wundersame Wässerchen in der Kanüle für euch bereitstehen. Vielleicht verwandelt ihr euch ja bald auch in Untote – Mutanten eines voreiligen Impfversuchs.

Die nachhaltigste Erschütterung meines damals jungen Lebens bescherte mir der Sankt Nikolaus. Der jährliche Umzug zu seinen Ehren anfangs Dezember war einer der Höhepunkte im Gemeindeleben. Ich hatte den Sommer über irgendwann einmal meinen Mund dem Vater und meinem Bruder gegenüber etwas zu voll genommen. Verärgert darüber, dass man mir bei Verfehlungen unablässig damit drohte, der schmutzige Kerl (der ‹Schmutzli›), der die bösen Kinder am St. Nikolaustag einsammele, werde sich kommende Weihnacht zweifelsfrei ganz besonders um mich kümmern. Der Nikolaus und sein blöder Kohlenmann möchten nur kommen, hatte ich verzweifelt geprahlt, sie spürten dann schnell am eigenen Leib, was ich Besonderes für sie ausgedacht hätte. Ich würde ihnen mit einem Hammer den Schädel zertrümmern. Ich hatte am Vortag wohl zu lange meinem Vater dabei zugeschaut, wie er mit geschickten Händen eine Kommode zimmerte und dabei wiederholt mit kräftigen Hammerschlägen dafür sorgte, dass das leicht sperrige Holz in die richtige Form gerückt wurde.

Als sich das Jahr dem Ende zuneigte und der Umzug endlich gestartet wurde, stand ich nichtsahnend am Strassenrand und erwartete, begleitet vom rhythmischen Klang von hundert schweren Treicheln in kalter sternenloser Nacht, den Vorbeizug des Wagens, auf dem Nikolaus auf seinem goldenen Thron sass und den Menschen, insbesondere den Kindern, freundlich zuwinkte. Als der Wagen auf meiner Höhe anlangte, stoppte der Umzug. Da mein Vater mich geschultert hatte, war an ein behendes Abhauen in letzter Sekunde nicht zu denken. Der Nikolaus stieg von seinem Thron, neigte sich bedächtig zu mir rüber und fragte mich: «Wo, mein Junge, hast du den Hammer?"

Ich wurde wie vom Blitz getroffen und war zutiefst erschüttert. Gemein und schrecklich peinlich sei das, schoss es mir durch den Kopf, denn alle Freunde waren Zeuge gewesen und hatten zugehört. Und selbst meinem Nachbarn, dem Bestatter, rang diese Episode ein kleines Lächeln ab, das ich in der Verzweiflung als Spott missdeutete. Liebend gerne hätte ich den Kopf in den Sand gesteckt.

Wie konnte der rote Mann wissen, was sonst niemand ausser meinen Eltern kannte? Das grenzte an Hexerei. Und weil ich auch dafür keine Erklärung fand, verhalf mir das in der Verlängerung meines Lebens dazu, mir einen nicht unbescheidenen Rest an Humanismus und Religiosität zu bewahren. Wenn mein Vater an Geburtstagen diese Geschichte lachend zum Besten gab, rief das in mir gleichwohl die peinlichen Momente wieder in Erinnerung. Aber heute weiss ich, dass der Nikolaus in Wahrheit ein guter Arbeitskollege meines Vaters war, den mein Bruder entsprechend instruiert hatte.

Ich war für diese Erfahrung dankbar, denn der Nikolaus hatte getan, was Gott niemals tun würde, er stellte mich persönlich zur Rede. Dieses Erlebnis machte mich einfühlsamer und geduldiger für die Anliegen und Obsessionen meiner Mitmenschen und etwas verschlossener dem unnahbaren Gottgeist gegenüber.

Mir ist klar, zum einen ist es nicht originell, das Leben als Experiment zu bezeichnen, zum anderen bin ich aber nicht der Erste, der damit herumspielt. Oberflächlich betrachtet scheint es durchaus so, dass das Leben nicht mehr zu bieten hat. Darwin sollte also recht behalten: Erhaltung der Art durch optimale Anpassung an die Lebensumstände. Aber ehrlich, ist das nicht ein bisschen gar zu mager, zu perspektivenlos?

Es ist diese verkürzte Sichtweise, mit der man dem Leben begegnet, die leider alles einengt, ausgraut und Fragen über Fragen einnivelliert: Da geht eine Seuche um, folglich brauchen wir eine Impfung. Mag ja sein, aber was tut denn Gott, hat er einen schlüssigen Plan oder schaut er nur unbeteiligt zu – doppelblind und doch sehend?

Liebesgeschichten sind das Viagra der Götter

‹Die Göttlichen› – man kann diesen Begriff heutzutage ziemlich breit verwenden, als antike Götter oder besondere Menschen – sie sind in summa ein ziemlich eigensüchtiges, eingebildetes und liebestolles Völkchen.

In welchem Sinne der Begriff ‹Göttliche› (ob antike Gottheit oder Mensch) hier verwendet werden soll, kann die Leserin selbst bestimmen. Für die Erweiterung ‹besondere Menschen› wird es technisch gesehen noch breiter, darum will ich auf diese Wahl keinen Einfluss nehmen, vermute aber, dass man dabei nicht gross danebengreifen kann. So viel als Erläuterung im Vorlauf zu diesem Blog.

Schneewittchen fiel nach dem Verzehr eines vergifteten Apfels in einen todesähnlichen Schlaf. Und meist, wenn es um Gifte und Liebestränke (welche ich auch zu den Giften zähle) geht, haben für gewöhnlich Hexen ihre manipulativen Finger mit im Spiel oder stecken wurzeltief mit ihrer hässlichen Warzennase im Zaubergebräu. Im Fall von Schneewittchen handelt es sich bekannterweise ja um die böse Stiefmutter.

Alice Cooper hat mich in seinem Song «Poison» darüber aufgeklärt, dass die Liebe ein ähnlich verderbliches Elixier sei. Sie fliesse zehrend und brennend durch die Adern und verwandle den davon Infizierten in einen Sadisten, der das Objekt seiner Begierde (ohnehin meist zufällig auserwählt) mit Nadeln steche, in der Hoffnung, es rufe in der Folge laut und verzweifelt den Namen seines Peinigers. Dieser Ruf weckt dann, gemäss Cooper, im Sadisten die Liebe zu seinem Opfer. Unvorstellbar! Denn das würde ja bedeuten, dass in jedem Folterknecht potentiell ein heimlicher Liebhaber steckt. Klingt in meinen Ohren pervers und kontradiktorisch – doch um mich geht's hier nicht.

Man fragt sich angesichts der Tragweite der vorliegenden queren Interpretationskonstellation der Liebe, warum bisher keiner versucht hat, gegen Hexenelixiere und Liebesrausch einen nachhaltigen Impfstoff zu entwickeln. Dies umso dringlicher, da in unseren Tagen schliesslich und endlich keiner mehr zu fürchten hat, wegen Hexerei verbrannt zu werden. Man vermöchte mit einem Impfstoff fraglos unzählige Menschenleben retten und befände sich in der vorzüglichen Lage, mittelfristig entsprechende Tragödien (Ehebruch, Scheidungen) zu verhindern. Ich möchte sie nicht zählen müssen, all die unglückseligen Opfer, die im Namen der Liebe im Lockdown bereits Schiffbruch erlitten und im Strudel ihrer Gefühle ertranken.

Obige Frage und nachfolgende Darlegung sind rein rhetorisch zu verstehen. Denn nur Hornochsen liessen sich aus freien Stücken gegen die Liebe impfen. Da findet sich weit herum sicher kein Mensch, der auf die grossen Gefühle, die mit der Liebe majestätisch einhergehen, zu verzichten wünschte. Doch da gibt es zusätzlich diese alternative Sichtweise, die besagt, dass sich diese Impfung längst erübrigt hat. Sie wurde angesichts des Umstandes obsolet, dass die meisten Menschen gefühllos wurden und sich entsprechend, mit abgestumpften Empathie-Sensoren, wie Käfer, ungelenk durch die grauen Gassen dieser Welt tasten. Kurzum, die Liebe ist abhandengekommen und befindet sich unbekannterweise seit längerem auf der Flucht – keiner, dem es aufgefallen wäre und niemand, der nach ihr sucht oder sie begehrt. Ersetzt wurde diese Suche stattdessen durch ein unflätiges Streben nach Geld und Macht.

Zu meiner Beschämung muss ich an dieser Stelle gestehen, dass mir eines Tages am eigenen Leib widerfuhr, was ich weder gesucht noch begehrt hatte. Hesperus schenkte mir in einer lauen Spätsommernacht zum Ende der dritten REM-Phase einen Klartraum – einen wahrhaft goldenen Herbsttraum, wie man mir am Übergang zur Morgenröte des anbrechenden Tages zum Abschied einimpfte. Das schürte in mir verständlicherweise jenes Quantum an Misstrauen, welches nichts Gutes erwarten liess. Träume von Hesperus haben in der Regel immer Aspekte der Liebe zum Thema, und genau das behagte mir aus eingangs dieses Schreibens erwähnten Gründen nicht. Was gibt es Unnützeres als Liebesträume?

Die Frage, wieweit man für seine Träume Verantwortung übernehmen muss, lass ich hier mal tunlichst beiseite. Denn wenn es ein Liebestraum war, dann würde ich das auf die Reihe kriegen. Ist ein geflügeltes Wort in unserem Sprachinventar, dieses ‹kriege ich (kriegen wir) hin›. Und siehe, der Himmel zeigte Erbarmen und befreite mich aus meiner unbehaglichen Lage. Er schickte mir den übermütigen, stets betrunkenen und liederlichen und ziellos dahinlebenden Dionysos vorbei, der von dem Geschenk aus irgendeiner verborgenen Quelle gehört hatte. Götter besitzen ihre eigenen Kommunikationskanäle. Und, darauf kommt's an, sie besitzen fast alles, nur die Liebe fehlt ihnen im Inventar verfügbarer Gefühlsregungen. Und weil Dionysos sie sehnlichst begehrte, schaute er bei mir unangemeldet vorbei und riss mir das Traumgesicht ungefragt von der Seele. «Liebesträume sind wohl das Viagra der Götter!» rief ich ihm gespielt verärgert hinterher. Ehrlicherweise muss ich gestehen, dass er mir damit einen Gefallen erwies und ich mich freute, den Dorn in meiner Seele los zu sein.

Ich hatte den Vorfall längst wieder vergessen und das Leben warf sich auf seine gewohnten Bahnen, bis stürmisch ungestüm und so gar nicht golden der Herbst vor der Tür stand. Laut polternd begehrte er Einlass und liess sich nicht mehr abwimmeln. Ich öffnete und gewährte ihm etwas zurückhaltend und misstrauisch Eintritt. Dann erschrak ich, vor mir stand ein wütender, von grauen und fauligen Blättern bedeckter Bursche, an dem die Würmer verspielt an der erdverschmierten Weste runterrutschten. Er glich so gar nicht dem goldenen Bild, das ich von ihm in mir trug.

Er weinte, wirkte wie vor Kälte erstarrt und stampfte gleichzeitig wild mit seinen schmutzverklebten Holzschuhen auf den Boden, dass es nur so krachte in meinen Ohren. Überall flog dabei der Dreck herum und verschmierte mein Inventar im Hausgang. «Du hast mich meines einzigartig freundlichen und warmen Wesens beraubt, dadurch dass du das wundervolle Geschenk, welches du von Hesperus erhalten hast, an Dionysos weiterreichtest,» klagte er, mir bedrohlich nahekommend. Und er begann von neuem zu stampfen. Keiner werde je wieder ein Lied auf seine Herrlichkeit verschwenden, zerfloss er in Selbstmitleid. All seine Pracht sei dahin, und er welke und verkümmere. Und bestimmt werde er den Kältetod im anstehenden Winter erleiden, zumal ihn dieser steife Kerl, der Schneeheld, mit seinen eisigen Händen schon sein Leben lang verfolge und ihm, nichts Gutes im Sinne, nachstelle.

Mir war schnell bewusst, dass ich in der komplexen Angelegenheit verpflichtet schien, dringlich etwas zu unternehmen. Mir seien die Konsequenzen meines Handelns für ihn, den Herbst, unglücklicherweise zum Tatzeitpunkt nicht bewusst gewesen, entschuldigte ich mich erst mal. Das hätte jedem anderen ebenso widerfahren können. Aber ich versprach ihm, deswegen bei Dionysos vorzusprechen und zu versuchen, den angerichteten Schaden wieder gut zu machen. Er, der Herbst, möge der Wahrheit ins Gesicht schauen und zur Kenntnis nehmen, dass nicht ich den Traum weggegeben hätte, dass er mir vielmehr gewaltsam entrissen worden sei.

Ich möge mich beeilen, bat der Herbst, etwas ruhiger und wieder hoffnungsvoller. Bei Dionysos wisse man nie so recht, woran man sei. Er manifestiere sich regelmässig als übler Trunkenbold und hause mit grösster Wahrscheinlichkeit wieder in seiner Liebesgrotte, wo er seinen schmachtenden Gespielinnen am lodernden Lagerfeuer vergnüglich die hesperischen Träume verwirkliche. Aus der Wohnung über mir drang dabei, fast schon höhnisch: «Alle Menschen werden Brüder». Käumlich, schoss es mir verdriesslich durch den Kopf: «Bei Menschen und Göttern» bestand womöglich noch eine geringe Hoffnung, spekulierte ich.

Genug der Erklärungen und Versprechen, es war an der Zeit, dass ich mich unverzüglich auf den Weg zum Gott des Weines machte. Ich brauchte auch nicht lange nach ihm zu suchen. Sein betrunkenes Liebesgelalle war schon von weitem zu hören. Doch Dionysos, wie anders zu erwarten, wollte keine Sekunde erübrigen, mich vorsprechen zu lassen und schien vermutlich vergessen zu haben, wer ihn in meiner Person erwartete. Er schaute mich mit seinen übernächtigten, durchzechten, aufgequollenen und liebeskranken Augen verärgert an. Dann lachte er mir unverschämt ins Gesicht und schrie: «Geh hin du Wurm, verkriech dich in deinem irdischen Loch!» Sein vom Wein getränkter Atem widerte mich an. Er indessen wischte sich mit einem Weinblatt genüsslich den Sabber aus seinem Mundwinkel und gebot mir wild gestikulierend endlich zu verschwinden.

So schnell aufzugeben entsprach nicht meinem Charakter. Er, Dionysos, könne sich doch vorstellen, versuchte ich ihm unbeholfen zu erklären, dass er kommenden Jahres, wenn er durstig nach seinem Mundschenk verlange, von diesem enttäuscht werde, weil vermutlich sein Weinlager bis auf den letzten goldenen Tropfen geleert sein werde. «Blödsinn,» herrschte mich der Weinlaubbekränzte an, «wie das? Was führst du da im Schilde, kriechender Wicht?» «Wenn der Herbst nicht in der Lage ist, sein goldenes Antlitz in der gewohnten Pracht zu entfalten, dann fehlt den heurigen Trauben folgerichtig das segnende Herbstlicht, um zu göttlicher Süsse heranzureifen,» beeilte ich mich, ihm die Zusammenhänge aufzuschlüsseln. Ich hatte damit seinen wunden Punkt gefunden. «Zum Teufel mit dir, du Spassbremse,» herrschte er mich abermals an: «Den Traum kriegst du trotzdem nicht zurück. Und nun schleich dich, bevor ich gänzlich meine Geduld verliere.»

Mir war zwar bewusst, dass Götter zuweilen launenhaft sind, dennoch fühlte ich mich gedemütigt und überlegte, was zu verhandeln sei, damit ich wieder in den Besitz des mir zugedachten Traumgesichts gelänge. Zudem trieb mich der Wunsch an, dass der Herbst nicht sterbe. So stellte sich mir die momentane Sachlage. Da mir keine zündende Idee kam, und ich den Jähzorn des betrunkenen Gottes fürchtete, beschloss ich, ins Auto zu steigen, und vorerst mal ans Meer zu fahren, um mein erhitztes Gemüt bei einem erfrischenden Bad zu kühlen. Etwas Bedenkzeit konnte uns beiden nicht schaden.

Kaum hatte ich den Strand erreicht, ertönte der gequälte Jagdschrei eines Adlers über mir. Ich entdeckte am Strandfels angekettet den Menschenfreund Prometheus und sah, wie sein Peiniger, ein kräftiger Adler von immenser Flügelspannweite, sich anschickte, auf sein gefesseltes Opfer zu stürzen, um sich an seiner zwischenzeitlich wieder nachgewachsenen Leber gütlich zu tun.

Zeus, der Rachsüchtige, hatte sich diese scheussliche Pein für den unglückseligen Titanen ausgedacht.

Welch ein ungerechtes Urteil für eine so grosse Wohltat zu Gunsten von uns Menschen, hielt ich mir respektvoll vor Augen. Doch zwischenzeitlich wunderte mich gar nichts mehr. Götter eben. Von ihnen kann man alles und nichts erwarten, sie genügen sich selbst und kümmern sich nur zum Vergnügen um uns Menschen. Ich fragte mich instinktiv, was das Tier bewog, den armen, wehrlos an den Felsen geketteten Titanen so zu quälen. War es der Hunger, die Fressgier? Gegen eine stets frische Titanenleber liess sich aus Sicht eines hungrigen Adlers schliesslich nicht ernsthaft etwas einwenden. War es womöglich schierer Sadismus oder einfach nur der Gehorsam der niederen Kreatur den höher gestellten Göttern gegenüber? Wem die Macht ist, dem folgt die Gefügigkeit.

Ich hielt inne und witterte einen Plan. Prometheus wäre zu retten, wenn ich ihn dazu überredete, laut den Namen seines Peinigers auszusprechen und demütig und schmerzverzerrt nach ihm rufen zu lassen. Dabei erinnerte ich mich an den, in Liebesdingen weisen, wenngleich sadistisch verdrehten Rat von Alice Cooper. ‹Poison› – kein Gott vermochte sich diesem Flehen erfolgreich zu widersetzen. Ich war mir bewusst, dass es um die seelische Verfassung der Götter bedenklich stand. So ohne die Liebe und den Zuspruch und die Opfergaben der Menschen, das konnte auf die Dauer nicht funktionieren.

Ich meinerseits beschloss, den Trick an Dionysos zu erproben, denn offensichtlich hatte ich es dem lümmelhaften Gott zu leicht gemacht. Ich war gewillt, mich dem Herbst zuliebe zu opfern. Ich hätte Dionysos vorbehaltlos meine Liebe bekunden und ihn umarmen sollen. Das holte ich jetzt nach und schrie, was meine Kehle hergab, Liebeshymne über Sehnsuchtsklage in den landeinwärts wehenden Wind, so dass ich mir sicher war, dass mein Bitten und Betteln gehört wurde. Hinterher entschloss ich mich, und das musste jetzt sein, dazu war ich ja schliesslich hierhergefahren, zu einem reinigenden Bad im blauen Ozean.

Nach der Erfrischung wieder dem Wasser entstiegen, sah ich vor mir ein kleines in Zellophan verpacktes Geschenk am mit Muscheln übersäten Sandstrand liegen. Gerührt darüber, dass zumindest Poseidon es gut mit mir meinte, stürzte ich mich erfreut auf das Geschenkpaket und nestelte es erwartungsfroh auf. Ich staunte, ich hielt meinen mir von Hesperus geschenkten Traum in den Händen. Und er schien echt zu sein.

Die Welt hatte unversehens ihren Glanz zurückgewonnen und meine Augen begangen zu strahlen. Mit allem wieder versöhnt, legte ich mich genüsslich in den Sand und suhlte mich in den herrlichen Traumgesichten. Dieses Freudenfest barg so gar nichts Fleischliches in sich. Vielmehr eröffnete sich vor meinen Augen eine paradiesische Vielfalt von Farben, Formen und Klängen, und die Schönheit tanzte mit der Wahrheit um die Wette.

«Dies ist die Geschichte, wie ich den Glauben an die Menschen wiedergefunden habe,» wandte ich mich an meinen Kumpel, dem ich die Begebenheiten ausführlich erzählt hatte. «Nett,» antwortete dieser lakonisch, sag mal: «Gibt es da, wo du diesen Stoff her hast, noch mehr davon?» Ich schaute ihn verständnislos an. Er belustigte sich auf meine Kosten und deutete mein Erlebnis als coolen LSD-Trip. Ich war beleidigt und wandte mich bestürzt von ihm ab. Was für ein Depp!

Hesperus ist der Sohn des Atlas, der die Bürde der Welt auf seinen Schultern trägt. Und Hesperus ist nicht nur der Gott der Abendsonne, sondern gleichzeitig auch der Herr der Morgenröte. Und da er mich offenkundig zu seinem Schützling erwählt hatte, wozu sonst hätte er mir diesen Traum geschenkt, sah ich es als meine weiterführende Aufgabe an, von dessen Inhalten Kunde zu tun.

Das Traumgesicht birgt in sich alle Hoffnung auf ein menschenwürdiges Dasein und eine lebenswerte Zukunft. Wenn die Morgenröte erwacht, taucht die Welt in einen golden glänzenden Schleier der Versöhnung und harrt erwartungsfroh im Verbund mit allen Kreaturen dem neuen Tag entgegen. Und täglich erneuert der Traum dieser Gestalt sein frohes Versprechen an uns Menschen.

Sinn mogelt sich durchs dürre Sprachgewand

Da bäumt sich mir noch immer dieser wunderschöne und majestätisch anzuschauende Nussbaum in die Erinnerung, dessen Anblick mich meine gesamte Jugendzeit hindurch begleitete. ‹Sing! Orpheus, sing!› Er stand nur einen Steinwurf entfernt vor dem Zimmerfenster im angrenzenden Wiesenland. Und jedes Jahr, wenn der Baum den bitter-süsslichen Geschmack seiner herangereiften Nüsse in der lauen Nachtluft verbreitete, dann standen mir herrliche Tage bevor.

Ich liebte den Duft der am Boden liegenden fauligen Nussschalen. Insbesondere das dumpfe nächtliche Aufprallen der überreifen Früchte wirkte wie elektrisierend aufmunternd auf mich, wie wenn jemand beabsichtigte, einen dringlichen Appell zur Ernte an mich zu senden. Wir Kinder vom Quartier zogen dann kurz vor Schulbeginn aus, um zusammen genüsslich die runtergefallenen Nüsse einzusammeln.

Es gab für uns auf Erden nichts Köstlicheres. Baumnüsse! Der leicht bittere Geschmack des feuchten Kerns einer frisch geknackten und sorgsam enthäuteten Nuss. Nach solch einem ertragreichen Erntetag gewann der Schlaf wie Nebel über meine Gedanken die Oberhand, und schwer schlugen die kernigen Früchte noch einmal auf und platzten verführerisch in meine erwachten Träume.

Ich kenne bis heute keine vergleichbaren Erlebnisse, die ähnlich ertragreich, nachhaltig und übersinnlich die vollständige Kontrolle über die eigene Person und das persönliche Erleben übernehmen und sogar bis in den Traum hinein nachhallen. Was ist es nur, welches uns im Erwachsenenalter so leidig abstumpfen lässt? Einst war alles nur Spiel, Verheissung und Geheimnis, und heute zelebrieren wir gebeugt und bucklig eine Pandemie. Freiwillig unterziehen wir uns zu Gunsten unserer Mitmenschen wie uns selbst den staatlich verordneten Einschränkungen. Wir nehmen es in Kauf aus der zwingenden Logik heraus, an der Verbreitung des Virus nicht aktiv mitzuwirken.

Ich sage mir tröstend, ein Virus ist eben keine Nuss. Oder salopper: Lerne zu leben, so dass du dich oder andere nicht ansteckst. In jedem weiteren Zusammenhang würde ich mich vehement weigern, nicht anzustecken, noch mich selbst anstecken zu lassen. Ich spreche jetzt natürlich von Begeisterung, Freude und Glück. Nichts von alledem wohnt in einem Virus.

Eitel Sonnenschein war auch früher nicht alles. Das Dasein gründete aber tiefer, war verwurzelt und viele Geheimnisse und Verlockungen drangen spielerisch in unsere für das Mysterium geöffneten Seelen.

Eine starke Erinnerung trägt mich beispielsweise zurück auf meine Schaukel vor dem Haus. Ich weiss nicht, ob meine Kindheit irgendwie besonders ausfiel, aber sie war gezeichnet von vielen kleinen Nöten, ungereimten Erfahrungen und verzweifelten Momenten, in denen ich tagsüber jedes Mal, wie angelernt, meinen schmerzenden Kopf himmelwärts hob und mein Leiden an die kahle Himmelswand hinauf schrie. Nicht, dass ich als Kind wirklich so dachte, nein, aber das dabei empfundene Gefühl entspricht genau dem aus meiner Erinnerung.

Da gibt es aber auch die sonnigen Tage und eine an Ewigkeiten grenzende Spanne von Leben, wo ich auf der Schaukel sass und nach hinten gelehnt, wiederum mit zurückgeworfenem Kopf, himmelan und -ab fiel – glücklich: über mir ein stahlblauer Himmel, die frühnachmittäglich brennende Sonne im Gesicht, deren Strahlen ich wie aus Sirupbechern trank; ein Flugzeug, das in grosser Höhe silbern-schillernd, wie verlangsamt den Himmel sanft durchpflügte.

Und dann folgten sie unweigerlich, die drei ehernen Klänge der Kirchturmglocke, die, wie gelangweilt und nicht wissend wohin, durch den offenen Raum drangen. Es war drei Uhr nachmittags und die Zeit stand still. Und abends erschienen die Schwalben und jagten künstlerisch behände in der bedrohlich gewittergeschwängerten Atmosphäre nach den tiefer fliegenden Mücken. Selbst ihnen schien die Zeit beschwerend auf dem Nacken aufzuliegen, dieweil sie von den eleganten Vögeln geschluckt wurden.

Worauf ich an solchen Nachmittagen wartete, kann ich mit bestem Willen nicht sagen. Ich weiss nur, dass es sich irgendwie endlos im riesigen Blätterkranz des Nussbaums ausdehnte. Doch was? Es wiegte sich schmeichelnd im lauen Wind.

Manchmal geschah es, dass ein Ereignis, gleichsam als Pause, befreiend in mein Warten trat und ich von der Schaukel sprang, um in der ungeschnittenen Wiese nach

Heuschrecken zu jagen. Oder ich hantierte verbotenerweise am Gartenschlauch und spielte mit dem spritzenden und sprudelnden Wasser, welches mir silbern zuzwinkerte und sagte: «Es ist dieses Läuten der Glocken vom Dorf, das du nicht mehr hören willst. Vergiss deren Klang und gönn dir zur Abwechslung einen süssen Apfel, den die Mutter zwischenzeitlich in der Küche auf dem Tisch bereitgestellt hat.»

Ich weiss, es steckt viel Wehmut und Melancholie in solchen Gedanken. Doch dies ist nur möglich, weil die Geschehnisse, angereichert von verschiedensten jugendlichen Taten und Untaten, sich in der Seele einnisteten und noch heute, gemeinsam verstrickt, warm eingekugelt wie eine schlafende Katze in ihrem Unterschlupf, auf das nächste Erwachen warten.

Apropos Taten und Untaten: Als Kind verfügt man noch nicht über die für Willensvollstreckungen so zwingend notwendigen planerischen Möglichkeiten des erwachsenen Denkens. Darum treten meine Erinnerungen an einen Jugendfreund trotz seiner grossen Einflussnahme und seiner Vorbildfunktion für mich äusserst lückenhaft auf. Sie existieren in der Vereinzelung, oft ohne inneren oder äusseren zeitlichen Faden und ohne greifbare Abfolge-Logik. Doch manchmal reicht dann ein vertrautes Geräusch. Zum Beispiel das der dumpf auf dem Boden aufprallenden Nüsse. Oder es ist ein ganz bestimmter Duft, der bitter-süssliche Geschmack der reifen Kernfrüchte, und schon ist die Erinnerung wie auf Dirigentengeheiss quasi orchestriert, einsatzbereit und schwappt über die Klippen wie Gischt aus der Vergangenheit her in die nackte Gegenwart.

Ich sehe es noch deutlich vor mir und verspüre die Scham. Ich erinnere mich, als wäre es erst gestern geschehen. Wegen der Einflussnahme meines Freundes an einem ersten August, dem Schweizer Nationalfeiertag, wäre ich beinahe zum jugendlichen Brandstifter und Antihelden promoviert. Nicht viel fehlte, und es wäre mir aus Gedankenlosigkeit und eitlem Gebaren gelungen, ein Haus in unserem Wohnquartier im wahrsten Sinn des Wortes abzufackeln. Dies wäre auch unweigerlich geschehen, wenn da nicht die Feuerwehr in weiser Voraussicht mustergültig in Bereitschaft gestanden hätte.

Ich rieche noch heute ganz deutlich das Heizpetrol und höre das Knistern und Knattern der lichterloh brennenden Holzfackeln. Und es ist, als begegnete mir mein Freund mit einem höhnisch derben Lachen. Er hatte es wieder einmal geschafft, einen Dummen zu finden, den er negativ zu beeinflussen vermochte. Aber ich hatte daraus gelernt, die Gemeinde hatte gelernt und mein hämischer Freund hatte erstaunlicherweise seine helle Freude, bei all dem aber nicht die geringsten Gewissensbisse verspürt – und also nichts gelernt.

Ich hatte am Nachmittag mit bengalischem Feuer gespielt, als mein vermeintlicher Freund Kater Carlo (so nannte er sich) zu mir kam und seinem Panzerknacker, das war ich, zu verstehen gab, dass es da in nächster Nähe unserer Spielwiese etwas Spannendes und nicht Alltägliches zu sehen gab, das unbedingt erkundet werden wollte. Also liess ich mich von ihm zum Fackelhaufen am Nachbarhaus lotsen. Es war ein heisser Sommernachmittag (ach, wär ich doch bloss auf der Schaukel sitzen geblieben) und die Luft wog schwer und war geschwängert vom Petrolgeruch. Jetzt fehlten einzig noch die drei Schläge der Kirchturmglocke. Ach, ich hätte es besser wissen müssen!

Naiv wie ich war, begann ich nun gleich neben dem Fackelhaufen wieder mit meinem Sternchen versprühenden bengalischen Feuer zu spielen, ohne zu sehen, welche Gefahr ich damit heraufbeschwor. Toni folgte den kreisenden Bewegungen meines Arms mit funkelnden Augen. Ich verkannte die Natur dieses Interesses und freute mich, dass ich etwas konnte, das Toni nicht durfte. Seine Eltern hätten ihm nämlich nie erlaubt, Geld für bengalische Hölzchen auszugeben. Ein Funke, so wusste er, schliesslich war er zwei Jahre älter wie ich, genügte, und der Haufen neben mir würde lichterloh zu brennen anfangen. Gedacht, gesehen, geschehen!

Carlo, der am Brandort stehen geblieben war und dem immer höher auflodernden Feuer interessiert zusah, wurde von der Feuerwehr beiseitegezogen und anschliessend von der anrückenden Polizei verhört. Ich kann nur ahnen, was dann geschehen ist. Er wird, vermute ich mal, wahrheitsgetreu geschildert haben, dass der Brand durch meine Sternchen versprühenden Hölzchen entfacht worden war. Und mit grösster Sicherheit hatte er wohl altklug noch hinzugefügt, dass er jetzt verstehe, warum seine Eltern ihm verboten hatten, mit bengalischem Feuer zu spielen.

Ich erinnere mich nur noch an die zwei schallenden Ohrfeigen auf meine Wangen, die mir mein Vater am Abend verabreichte. Sie brannten höllisch in meinem Gesicht, und ich schämte mich und spürte den aufkeimenden Hass auf Carlo. Irgendwann und irgendwie würde ich ihm das zurückzahlen.

Weitere Konsequenzen zog der Unfall nicht nach sich. Polizei und Feuerwehr schienen froh, dass uns Jugendlichen nichts geschehen war. Man wollte von mir lediglich noch hören, dass ich begriff, warum der Brand überhaupt geschah. Oh ja, ich hatte verstanden, und wie ich es verstand! Dann liess man von mir ab und alles Nachfolgende verblasste ob dem hellen Nachschein des brennenden Fackelhaufens vor meinem inneren Auge.

Die Gemeinde deponierte seit jenem Sommer auf Grund dieses Vorfalls ihre petroleumgetränkten Filzfackeln für den am Abend stattfindenden, sternförmigen Umzug hinein ins Dorfzentrum nicht mehr wahllos an Häuserwänden. Man sieht, es ist eine kurze Geschichte über das Lernen und die Bereitschaft, aus den Erfahrungen und Erlebnissen sich neu zu formieren. Man darf dabei nur nicht den Fehler begehen, dass Lernen gleichsam unorganisiert stattfinde. Kater Carlo zum Beispiel hatte gelernt, dass es gut ist, auch weiterhin Dumme zu finden, weil er damit grösste Vergügungen verband. Na ja, wenigstens wurde ich nie mehr das Opfer seiner Bosheit. Auch ich hatte dazugelernt.

Es hat was Seltsames auf sich mit dem Sinn. Er streicht wenig wählerisch entlang den Lattenzäunen und mogelt sich durchs dürre Sprachgewand. Ich, das Veränderbare, ein Schattenspiel am brüchigen Rand der Sprache, kann länger dann nicht mehr schweigen. Gierig lange ich hin und vergreife mich an dem schillernden Tand, als wäre ich selbst eine mürrische Elster. Doch dann, wie sonderbar, war's dennoch nichts wie Traum, der, voller Geigen im offenen Mund, draussen auf der Wiese mit uns spielte, während sein Haar sich am Abendrot entzündete und der Flug der Schwalben sich hinter der Nussbaumkrone im roten Flammenmeer des Horizonts auflöste.

Veni COVID-i Vici

Ich lebe mit der Ungewissheit eines Chamäleons in die nächsten Tage hinein und frage mich mit vielen anderen Menschen, ob man das Virus, von dem keiner weiss, was es ist und von uns will, bereits in sich trägt. Dann steigt mir die Wutröte ins Gesicht, und ich hadere mit dem Schicksal und frage mich, wie es überhaupt so weit kommen konnte, dass ich mich von Viren beirren lasse. Ein Restchen Angstsatz vielleicht: Man spürt einen Hauch von Halsschmerzen und wechselt instant die Gesichtsfarbe. Etwas Fieber und Schüttelfrost und schon stolpert man über jeden Kiesel, der auf dem Kreuzpfad liegt (jener Pfad, auf dem man für gewöhnlich zu Kreuze kriecht). Die Jolle kentert und man fragt sich, ob es sich zu schwimmen lohnt oder ob es zu spät zum Überleben ist.

Vermutlich geht es mir wie vielen von euch; mich dünkt, es reicht allmählich. Das Ganze grenzt an ein jegliche Lächerlichkeit überbietendes Narrenschauspiel. Noch einmal gefragt und dringlich: Was ist der Plan des Virus? Lass hören, was führst du im Schilde? Du schweigst? Warum? Heisst das, es ist dir scheissegal oder bedeutet es, dass du selber nicht überlegst, was du da tust? Du nervst, ich sagte es schon; du bist unfair: Wir sind gross gewachsen, du kannst uns sehen und bespringen, ganz wie es dir behagt. Du hingegen bist klein, so mikroskopisch winzig, dass wir dich nicht ohne den Einsatz von kostspieligem Equipment zu jagen vermögen. Und ja, ich mag dich nicht und wünsche dich zum Teufel.

Du trägst die Kraft in dir, uns zu verändern, einzeln und als Gesellschaft. Für ein Nichts von Etwas, dem wir gleichgültig sind und das selber nicht darüber nachdenkt, was es tut, vereinst du für meinen Geschmack entschieden zu viel Kraft in dir. Hockst gelangweilt, mit gepackten Reisekoffern in irgendeinem vom Kitzel gereizten Nasenloch und wartest auf den nächsten Kick. Flieg, du Minikolibri, und schlag kopfüber auf der nächsten Glasscheibe auf, dass sich dein Schnabel dir tief in dein hübsches Köpfchen bohre. Du siehst, ich mag dich definitiv nicht und wünsche dir nur das ‹Schlech-teste›.

Vermutlich lachst du dir jetzt ins Fäustchen und denkst: «Ja, lass dich testen! Irgendwas stimmt fraglos nicht mit dir.» Mir dreht sich der Magen – verdrehst mich zu einem übelgelaunten Menschen. Du lähmst meinen Körper und fesselst mein Denken. Ich dreh mich im Kreis wie ein Esel um den Mahlstein. Alles, was dabei geschieht, ist schiere Folter, die mir erklärt, dies sei die Wiederkehr des Immergleichen. Ich warne dich, übertreib es bloss nicht. Ich ertrag es nur schlecht, wenn man mich gezielt klein macht und darüber lacht. Gib es zu, das ist es doch, was du vor allem liebst und bei uns suchst. Womöglich erträgst auch du uns nicht. Es ist zum Verzweifeln, ich dreh mich im Kreis – wie kann etwas so Kleines nur so viel Macht über uns haben?

Du hast was von einem einfältigen Puzzleteilchen an dir. Bist stur und starr und umarmst nur inniglich, wer zu dir passt. Und das sind nicht mal viele, maximal vier oder fünf andere Teilchen pro Spiel. Und du willst ein Spreader sein. Schöne neue Welt. Euch allen gemeinsam ist das Bleiche und die Farbe Weiss, sodass sich zum Schluss der Mühe des Suchens und Forschens nicht einmal ein aussagekräftiges oder zumindest gefälliges Bild ergeben wird. Als Bild nicht zu gebrauchen, stumm wie ein Fisch und kauernd in erhabenem Schweigen – kein Weg führt daran vorbei, die Welt neu zu erfinden, die du zerstörst. Ich habe es ja immer schon gedacht, und jetzt weiss ich auch warum, Puzzles waren noch nie mein Ding. Wenigstens das habe ich dir voraus.

Gibt es neben deiner unbändigen Zerstörerwut, die dich unermüdlich antreibt, noch etwas anderes, wofür du Talente hast? Ich kann es mir nur schwer vorstellen, denn Denken ist nicht wirklich deine Stärke. Darum bitte ich dich inständig, lass uns wenigstens aussen vor und stürze dich gefälligst auf Ratten, Fledermäuse und dir anverwandtes Geschmeiss. Aber verrate uns zumindest eines, wie lange willst du bleiben? Geht es um uns, stehen wir dir im Weg? Wo führt dieser Weg dich hin – lediglich durch uns hindurch und über uns hinaus? Ich verstehe – der Weg ist das Ziel; und dein ist der Weg, die Herrlichkeit und das Ziel. Das wäre dann deine Interpretation der Dreifaltigkeit! Uns bestimmen der Pantheismus und die Pandemie gemeinsam, ich rate dir, geh schleunigst zur Beichte und erleichtere deine Seele, kotz sie raus, sofern in deiner Nichtigkeit sowas Kostbares überhaupt ein Plätzchen gefunden hat.

Gibt es denn nirgends in diesem Multiversum einen zu diesem vergleichbar bewohnbaren Ort, auf den du ausweichen könntest? Frag mal bei der NASA nach. Das Spekulative war zwar noch nie meine Stärke, aber jetzt, wo es um das Ganze geht, da bin ich mir sicher, dass es da draussen im sternenverseuchten Nachthimmel noch andere, für dich lebenswertere Planeten gibt. Dort kannst du dann dein kopfloses Spielchen weitertreiben. Aber klar, du schweigst mit den Äonen um die Wette. Es würde uns beiden weiterhelfen, wenn ich wüsste, dass du wenigstens meine Sprache sprichst. Ich leg dich jetzt unter ein Elektronenmikroskop, und du nickst gefälligst mit dem Kopf, wenn du mich verstanden hast.

Das glaub ich nicht. Alles, was ich wahrnehme, ist ein Augenpaar, das mich anstarrt, so wie ich es. Genauso gut könnte ich vor einen Spiegel stehen und einen Kerl anstarren, der das Gleiche tut wie ich, nur andersrum. Heiliges Kanonenrohr, was sagt der Quantenphysiker dazu? Jetzt sind wir gar miteinander verschränkt. Ich brauch jetzt einen Quantensprung, ein schwarzes Loch, einen doppelten Whisky oder die Zerschlagung meines Wahns. Besser noch, ich bin endlich still, dann lässt es auch mich in Ruhe. Schon Goethe dachte damals Ähnliches, als er schrieb: «Über allen Gipfeln ist Ruh.» Und ich teile meine derzeitige Gemütsverfassung mit ihm: «Ach, ich bin des Treibens müde!» Ich hoffe, dir geht es genauso in naher Zukunft genauso.

Wenn ich nicht habe, was mir fehlt, dann gehört mir, was ich bin. Und das ist nicht mehr als ein leises Husten im Flur. Fare well my dear und verzeihe mir.

Proteus on fire, 30. November 2020